小学館文庫

魔女の結婚

～愛し子との婚約は破棄します～

織都

小学館

第一章　愛とは

璃珠《りじゅ》は最近、しきりに夢を見る。

璃珠として生まれ変わる前――華陀《かだ》だった頃の夢だ。

五歳かそこら、まだ魔女として完全に芽吹く前の時分。

百花《ひゃっか》の力もよくわからず、ただ風に乗って花たちの声がさわさわと聞こえてくる。よく聞き取れず、問い返しても返事はない。のべつまくなし、とりとめのない声がただ流れて消えるのだ。誰も相手をしてくれなくて、除《の》け者《もの》にされた気分だった。

母は美しい人だった。

偉大なる大国『芳《ほう》』の女帝。百花の魔女の魅力に、誰もが取り憑《つ》かれ、ひれ伏した。慈愛に溢《あふ》れた女神だと讃《たた》える者も多い。

その母の目を盗んで、私室に入り込んだことがある。その頃、母は桜の苗木にご執心だった。後宮の一角にある千年桜、その枝を切り取り鉢の土に挿す。うまく発根すれば、種を蒔《ま》いて育てるよりも成長が早い。

私室に鉢を置いて、母は丹念に様子を窺《うかが》い、毎日柔らかに声をかける。

一人娘である華陀など目に入らない、とでもいうように。

腹立たしかった。『わたしの母を取るな』と一言言ってやろうと思ったのだ。だから私室に忍び込んだ。

風も通り、日も当たる部屋の一角。高価な白磁の鉢にその桜はあった。もうすぐ夏がやってこようという時季だ、花はない。花がなければこちらの声は届かない。魔女の力は花に作用する。それは知っていた。

好機だ。文句など、一方的に言いたい放題である。

金の髪をなびかせた華陀は腰に手を当て、苗木に指を突き付けた。

「いいこと？　母上のお気に入りだからって調子に乗るんじゃないわよ。わたしは百花の魔女なのよ。わたしに魔女の力が芽吹いて女帝になったら、おまえなど庭の暗くてじめじめしたところに植えてやるんだからね」

当然ながら返事はない。かといって、不快な様子も見られない。なんだか様子がおかしかった。生きている草木なら気配くらいは感じるのに、それがなかった。

「おまえ、ちゃんと根が張っているの？　母上が世話をしているのだから、死んでいるということはないはずだけど」

不思議に思って苗木を摑《つか》んだ。すると、なんの抵抗もなく抜けてしまったのだ。

さっと血の気が引いた。その直後、かなり強い力で頰を打たれたのだ。

「華陀！　汚らしい手で触らないで！」

金色の髪を振り乱した母がいた。小さい華陀は張り飛ばされて、床にしたたか身体《からだ》を打ち付ける。

そんな娘のことなどおかまいなしに、母は震える手で苗木を抱き締め、鬼のような形相でこちらを睨《にら》んだ。

「部屋に入るなと言っているでしょう！　わたくしの特別な桜になんてことを……！　これだから呪われた子は油断ならないのよ！」

母に手を上げられたのは初めてだった。泣くよりもまず驚いて、呆然《ぼうぜん》とその場に座り込む。

「……でも母上……」

『その桜は死んでいるわ』、そう言おうとしたが言葉が出てこなかった。母の関心は、欠片《かけら》も華陀に向けられていなかったからだ。母は必死に苗木に声をかけ、鉢に植え直そうとしている。娘の腫れた頬など、目もくれないで。

果たしてこういうときは怒ればいいのか、泣けばいいのか、笑えばいいのか。

どうすれば、母は自分を見てくれるのだろう。小さな華陀の悩みは、そこだった。

自分のなにが母をそうさせるのだろうか。魂が二つあるからだろうか。花に呪われているから？　母と同じ、百花の力を持って生まれたからだろうか。

子供らしく泣き叫ぶこともできずに、華陀はただぽつんと取り残されていた。

だが不意に、母は華陀を抱き締めるのだ。

「ああ……華陀。わたくしの大事な花。愛してるわ。どうかそのままでいてちょうだい。決してこの国から出ないで、わたくしの側《そば》にいるのよ。今日はどこへ行ってなにをしたの？　全部わたくしに話すのよ」

「…………」

ああ、まただ。華陀は落胆した。

手酷《てひど》く打ち捨てたかと思えば、急に実のない愛を騙《かた》ってべたべたと干渉する。これが母だった。なにが慈愛の女神だ。一人娘でさえろくに愛せないのに。触るなと手を上げるくせに、呪われた子と罵倒するくせに、そのままでいて欲しいなんて、全く矛盾している。

わかっているのは、自分は母の『特別』ではなかったということだ。母にとっての一番は花で、華陀の存在はその下の下の下くらいなのだ。

『愛している』と口にする人間は、決して愛してくれない。それだけが真実だった。

＊　　＊　　＊

「璃珠様……！　だ、大丈夫ですか？」

目を覚ますと、青い顔をした侍女がいた。こちらを覗《のぞ》き込んで、おろおろとしている。記憶が混濁する中、目の前の侍女が誰であったかを思い出す。確か、驍《きょう》国の皇后になろうという璃珠付きの侍女になって二ヶ月余り、髪の整え方も半人前の圭歌《けいか》だ。

「……圭歌？」

「はい！　圭歌でございます！　璃珠様の侍女の圭歌でございます！」

言うなり彼女は、震える手で水の入った盥《たらい》を重そうに持ち上げる。

「ひどく魘《うな》されておいでで……寝言で叫んでおりましたよ。『調子に乗るんじゃないわよ！』と。よもや、至らない私へのお叱りかと思い、慌てて参上した次第でございます！　すみませーん！　至らなくてすみませーん！」

「そんなこと言ってないじゃない。ただの寝言よ。真に受けないでちょうだい」

「本当ですか？　私への不満ではないですか？　とりあえずお顔を洗いましょう。はい、盥はこちらです。寒くなってきてますからね、お湯をお持ちしましたよ」

そう言われてようやく半身を起こす。確かに身を包む空気は日に日に冷たく、晩秋を思わせる。盥に手を入れると、温かい湯にほっとする。顔を洗うと、圭歌はおずおずと手巾《しゅきん》を差し出してきた。

「悪い夢でも見たのですか？　鬼気迫る顔で叫んでおられて……私など食い殺されるかと思うほどの形相でした。まるで化け猫のような」

ひどい言いようだ。顔を拭いた手巾を放り投げて、璃珠は寝台の上で頬杖《ほおづえ》をつく。

「昔の夢を見るのよ。なにもできなかった無力な子供の頃の夢」

「子供はみんな無力ですよ。親に頼らずに生きてはいけませんから」

「……おまえの母親は、どんな親だったの？」

「母ですか？　そうですね……」

眉間に皺《しわ》を寄せながら、圭歌は拾った手巾を綺麗《きれい》に畳む。

「おやつを盗み食いする私の尻を叩《たた》き回す親でした。畑を手伝え、ほら耕せ！　洗濯をしろ、弟妹の面倒を見ろ！　と叱られる毎日で。とはいえ、どこにでもいる至って普通の親です。いろいろと家事をさせられたお陰で、今こうして璃珠様の身の回りのお世話ができているのですから、感謝していますよ。でもごめんなさい、お母さん！

盗み食いしてごめんなさいー！」

「愛しているの？」

「愛？」

圭歌はきょとんと目を丸くする。

「う～ん……そうですね。愛……というと少し大袈裟《おおげさ》で恥ずかしいですが……元気に長生きして欲しいと思っておりますよ」

「それがおまえの愛？」

「愛……と言いますか、人並みの孝行と言いましょうか」

『ふぅん』と璃珠は鼻を鳴らす。

璃珠が――華陀が知っているのは、極端な二面性を持つ母の愛情だけだ。女官や官吏から向けられるのは畏怖であり、主人に対する服従しかない。

圭歌の言う『普通の親』でもそうなのだから、あのとき母に張り倒されたのも普通のことなのだろうか。よくわからない。厳しく手を上げることが愛なのか。

得心がいかないまま、圭歌に促されて着替える。何故《なぜ》かいつもより豪奢《ごうしゃ》な襦裙《じゅくん》だった。耳飾りや首飾り、簪《かんざし》も山のように準備されている。

「どうしたの圭歌。わたしはこれから花の世話をするのよ。力の限り思う存分、土いじりをするの。鍬《くわ》を振り上げ打ち下ろすのよ。こんなの着たら動けないわ」

「今日はお客様がいらっしゃるんです。昨日もお伝えしましたよ？」

「そうだったかしら」

人間の事情などさして関心はないのだ。自分が世話をする草花が美しく咲けば、それでいい。そういえば最近、来客が多い。適当に挨拶だけ済ませ、璃珠はさっさと花園に向かってしまうのだが。理由はこれだ。

そろそろかと思って、視線をちらりと扉へ向ける。

すると璃珠が着替え終わったのを見計らったように、扉が盛大に開いた。

「おはよう、璃珠。今日も美しい。さて今日はなんの日だと思う？　そう、俺とあなたの婚儀まであと七日記念日！　それを祝して今朝は丸ごと魚を蒸してみました。どうぞ、俺の愛《いと》しい花嫁」

「…………」

手に持った皿に丸々と太った魚をのせて、この国の皇帝たる九垓《くがい》が意気揚々と部屋に入ってきた。頭が痛くなって、璃珠は額を押さえる。

さて、これが始まったのはいつだったか。確か五日前、婚儀の日取りが決定してからだ。毎日毎日決まった時刻になると、祝いの料理を持って現れる。

自国の主君に聞こえぬよう、圭歌がこそっと耳打ちしてきた。

「最高に浮かれポンチですね、陛下」

「まったくよ。舞い上がりすぎて気持ち悪いったら。ほら見なさい、わたしの腕を。鳥肌が立っているわ」

来客が多いのもこのせいだ。大至急執り行われる婚儀を祝して、国内外から賓客が訪れる。その対応に宮中はおおわらわなのだ。

九垓の後ろには、侍従の呂潤《りよじゅん》が追いすがっている。こちらに向かって、申し訳ないとばかりに頭を下げて。上機嫌になっている皇帝を諫《いさ》めて、日々の執務に向かわせなければいけないのだ。実にご苦労なことである。

その原因の一端を担っている自覚はある。璃珠は装身具で重くなった腕を払った。

「今からわたしは、この有頂天になってどうしようもない阿呆面《あほづら》を晒《さら》している皇帝っぽい男に、懇々《こんこん》と説教をするの。圭歌と呂潤は部屋から出てお行き」

一国の主の醜態を臣下に見せてはならぬ、璃珠の言葉をそう理解した二人は、早々に退室した。それを見送ってから、璃珠は大きくため息をついて長椅子に腰を下ろす。

そして白い指先で床を指した。

「そこに座りなさい、九垓」

「はい」

素直に指示に従い、九垓は冷たい木の床にさっと正座をする。

端《はた》から見れば、不思議な光景だった。

数ヶ月前に芳から嫁入りに来た十五歳の皇女が悠々と長椅子で足を組み、今や大国となった驍の皇帝は神妙な面持ちで床に正座する。これを見てどちらが主かと聞かれれば、誰もが皇女の名前を挙げるだろう。

しかしこれには理由があった。

璃珠は半眼で九垓を見やる。さらさらと流れる透き通るような白い髪に、黄水晶の如《ごと》き黄金の瞳。目鼻立ちも整った稀《まれ》に見る美丈夫だ。禁軍将軍を経て昨年即位した、二十歳の若き皇帝。武勇に優れ、国を統率する姿も様になりつつある。

普通の皇女なら、鼻を鳴らしてすり寄ってもおかしくはない状況だ。

だが当の璃珠には、別の感慨があった。よくもまあここまで育ったものだという、親心である。

かつて璃珠は、九歳だった九垓を拾い三年を共にした。いや、少し語弊がある。

璃珠がまだ『華陀』だった頃の話だ。

かつて芳には華陀という女帝がいた。人間よりも草花を愛し『百花の魔女』と呼ばれ、絶対的に君臨する皇帝だった。しかし、謂《い》われのない理由で斬首《ざんしゅ》された。だが死んだはずだった魔女は、生まれ変わったのである。璃珠という芳の皇女の身体の中に。

気が付けば殺されてから八年が経《た》っており、稚《いとけな》くて従順でいつも自分の後ろをついて回ってきた九垓は二十歳になっていた。十五歳の璃珠の中で目覚めた華陀は、すっかり年下である。納得がいかない。

二十八歳で死んだ記憶がそのまま残っているのだ。その年齢のままで振る舞ってなにが悪いのか。そもそも誰かを演じるなど御免である。璃珠はすでに開き直っていた。

蒔いた種の責任は取るのが、百花の魔女の矜持《きょうじ》。大義名分はどうであれ、拾った九垓のその後を案じるのは当然のことだ。

白蓮《びゃくれん》と呼ぶ愛し子の幸せをただただ願うのみ。そのはずだった。

それが今や、この惨状である。

「まったく、ひどい有様ね」

「しかし華陀様……」

思わずかつての名を口に出した九垓をきっと睨む。

「その名前を出さないでちょうだい。暁では『百花の魔女』は忌まわしい存在なのよ。生まれ変わったなんて知れたら、面倒なことになるわ」

「ここには『僕』とあなたしかいませんよ」

生まれ変わりの事実を知るのはごく僅《わず》かだ。九垓もその一人だが、体裁は皇帝である。人前ではそれらしく振る舞うものの、二人きりになればすっかり昔の関係に戻ってしまうのだ。生まれ変わりが露見した直後は、年上としての言動を貫くべきかと葛藤した様子だが、ここに落ち着いた。九垓にとって華陀は絶対的な主人であり、母であり姉も同然。敬う対象という意識が強いらしい。従って、他人には秘密の主君と従僕の関係性の出来上がりである。

璃珠は再度ため息をついて、九垓の顔に指を突き付けた。

「言っておくけどね。おまえ、完全に腑《ふ》抜《ぬ》けているわ。皇帝としての品位はないの？　皇族としての誇りは？　ただの皇女であるわたしにへりくだって……それでいいと思ってるの？　一国の主として胸を張りなさい」

「お言葉を返すようですが、華陀様。そもそも僕は、あなたの婿候補として迎えられたはずです。つまりあなたとの結婚は本懐。婚儀に浮かれていても、なんら問題はないはずですが」

「問題は大ありよ。鬱陶しいのよ！　毎日毎日やってきて、朝からご馳走《ちそう》を用意されても食べきれないの！　おまえの舞い上がった道楽に付き合ってる暇はないのよ！　一刻も早く花に会いたいの！」

「ああ、ここ数日は肉や魚でしたからね。明日からは甘いものを用意しましょう。朝早く起きて、包子《パオズ》を作らねば……」

「そういうところよ！　なんで皇帝が手ずから料理をするの？　おまえはもう、わたしの離宮の下働きじゃないんだから、そういうのは誰かにやらせなさい！」

そう言うと、九垓は不満そうに顔を歪《ゆが》ませる。

「こんなに愛しているのに……」

「愛ね」

九垓の言う愛とは、さしずめ餌付けして肥え太らせることだろうか。全く以《もっ》て意味不明である。

そもそも『結婚したい』という欲求が理解し難いのだ。

「婚儀なんてただの儀式じゃないの。何故そんなに大仰に扱うのかしらね。わからないわ」

言い捨てて立ち上がると、璃珠はさっさと扉へ向かう。面倒臭い九垓と押し問答している時間があるのなら、自らが手がけた庭園で愛しい花たちに囲まれたいのだ。

その後ろを、九垓は苦笑交じりについていく。少年時代の続きのように。璃珠の優先するものはなにかと心得ながら。

＊　＊　＊

「璃珠様、これはなんのお花が咲くんですか？」

主歌がわくわくと手元を覗き込んでくる。

小さな素焼きの鉢が数十個。庭園にそれらを並べた璃珠は、水差しからゆっくりと水を与えていた。

「加密列《かみつれ》よ」

「加密列……存じ上げません！」

「順調にいけば、来年の春には花が咲くわ。白くて小さい花でね、林檎《りんご》みたいな甘い匂いがするのよ。お茶にしてもいいし、薬にもなるの。野菜と一緒に植えると害虫予防にもなって便利よ」

「すごいですね！　万能じゃないですか！　無敵の花です！　あやかりたい！」

「丈夫だしね。まずはこの辺りから始めるわ。なんといっても、ここら一帯は草一本も生えない、貧弱ですかすかの不毛の大地だったんだもの。しっかり耕して腐葉土と堆肥をすき込んで、土をしっかり作らないといけないわ。いきなり地面に種を蒔いても駄目よ」

「貧弱ですみません！　不毛でごめんなさい！　私が至らないばかりに！」

「今の時季に蒔ける種も限られるしね。気長にやるわ。ほら、おまえも水やりを手伝いなさい」

「はい！」

　圭歌は素直だ。裏表もなく素直に従ってくれる。すぐに謝るのはどうかと思うが、それはもう性分なのだから仕方ない。水差しを手にばたばたと走り回る圭歌を見やるが、問題はこちらだ。

　ちらりと視線を向けた先では、九垓がなにやら嬉《うれ》しそうに木箱を抱えている。

「璃珠、所望していた品が届いたよ」

「所望？　いろいろと所望しすぎて、それがなんだかわからないわ」

　そう言うと、九垓は木箱の蓋を開ける。中には腐葉土が入っており、時折もぞもぞと動いた。瞬間、箱に入っている品に思い当たり、璃珠はぱっと顔を輝かせる。

「よくやったわ、九垓。よくこれだけ集められたわね」

「あなたの為《ため》なら白も黒に変えてみせるとも」

「それはなんですか、璃珠様。どんな花が咲くんですか？」

再びひょっこりと顔を出す圭歌に、璃珠は晴れやかに微笑《ほほえ》んだ。

「花じゃないわ、蚯蚓《みみず》よ。ほら、丸々と太って元気そうだわ」

「いやあああぁぁぁ！」

「向こうで堆肥を作っているでしょう？ 丁重に手で摑んで真心を込めてそこに混ぜるのよ。蚯蚓が枯れ葉を食べていい土になるの」

「いやあああぁぁー！ なんですかそれ！ 初めて見る生命体です！ うねうね動いてネバネバしているじゃないですか！ 気持ち悪いです！」

「別に嚙《か》みついたりしないわよ。というか曉には蚯蚓もいなかったの？ 重症だわ。ここの土地は厄介極まりないほど痩せすぎよ。わたしに対する挑戦だわ」

ぶつぶつと悪態をつきながら蚯蚓を鷲摑《わしづか》みにすると、今度こそ圭歌は叫びながら走り去っていく。

「すみません無理ですー！ 私にはまだ早いですー！」

前言撤回である。圭歌にはもっと頑張ってもらわなければいけない。

「馬糞《ばふん》は触れるのに蚯蚓は駄目なの？ なにが違うのかしら」

「俺がやろう」

言うなり九垓が腕を捲《まく》るので、くわっと目を見開く。

「おまえは仕事をしなさい！ ここで土いじりをしている暇があったら、この驍の国をもっと緑豊かにする為に働きなさい！」

「仕事はしている」

「本当かしら。しょっちゅうここに入り浸っているじゃないの。おまえよりも蜜蜂の方が余程働き者だわ」

「蜜蜂？」

「そうよ、蜜蜂。ほら飛んでいるじゃないの」

そう言う視線の先に小さな虫を見つけ、九垓はびくりと身体を強張《こわば》らせて璃珠を抱き寄せた。身を守ろうとしてくれたことは理解するが、大袈裟である。

「大丈夫よ。滅多に刺さないわ」

「万が一ということもある。婚儀前のあなたに怪我《けが》をさせるわけにはいかない」

「危ないから駆除するなんて言わないでちょうだいよ。蜂や蝶《ちょう》がいてこそ、花が咲くのだからね」

「……そうなんだが」

華陀と三年を過ごした芳の朱明宮《しゅめいきゅう》で、蜂はよく見ているはずだ。そういえばと、璃珠は思い出す。

「おまえ、蜂を見ると逃げ回っていたわね」

「あの羽音が苦手なんだ。背筋が凍る。蜜蜂ならまだいいが……あれは駄目だ、雀蜂《すずめばち》。顔も怖い」

「大きいものね。刺されれば死ぬこともあるけど、そうなったら運命だと思って諦めるわ」

花が咲き、虫が花粉を運んで種子ができる。虫がいなければ花は存続できないのだ。百花の魔女は、花だけではなく虫にも敬意を表する。蜂にも蚯蚓にもだ。

「今の時季、蜂の動きは活発よ。冬に備えて蜜を貯《た》めないといけないの。この蜜蜂も必死に蜜を集めているようだけど、残念ながら後宮には提供できる花が少ないわ」

璃珠を抱き締めたまま、九垓がそっと顔を寄せてくる。

「……あなたが歌えば、すぐに花が咲くのでは？」

「魔女だと露見するわけにはいかないのよ。それに、無理矢理生長させて咲かせた花より、自然に咲く花の方が綺麗だわ。わたしが歌って生長を促すのはやむを得ない場合だけ。言ったでしょう、気長にやるって」

どきなさいとばかりに手で払うと、渋々と九垓は離れる。その顔を見上げて、璃珠は問うた。

「おまえは今、幸せかしら？」

「婚儀を待つばかりの今は幸せですよ。ただ、あなたが俺を愛してくれればもっと幸せですが」

「……愛ね」

低く呟《つぶや》くと、かつての少年時代を思わせる顔で九垓は嬉しそうに笑う。

さて、この愛し子を幸せにすることが璃珠の本懐だ。そこには現状維持などという甘えた考えは存在しない。常に試行錯誤を繰り返し、創意工夫を以て常に上を目指すのだ。魔女は挑戦を諦めない。

差し当たっての課題は『愛』を知ること。大きな壁である。

ぐぬぬと渋い顔をしていると、呂潤が足早にやってくる。

「陛下、祇《ギ》族の件でお話が……」

途端に九垓の顔が皇帝のそれに変わった。

「ああ、俺の招待を蹴り続けているあれか。再三の呼び出しにも応じないとは……やはり一戦交えねばならないかな」

難しい顔で呂潤となにやら話し込む。

「真面目にやれば、ちゃんとそれらしいじゃないの」

基本的に内政に口を出すつもりはない。あれこれと先んじて手を出したくもなるが、自立した立派な皇帝になって欲しいのだ。敢《あ》えて厳しく接するのも親心である。その場からそっと離れると、そこら辺を一周してきた圭歌が息を切らせて戻ってきた。

「蚯蚓とやらは、いきなり巨大化して襲ってきたりはしないでしょうか⁉」

「しないわよ」

「火ばさみで摘《つ》まんではいけませんか⁉」

「蚯蚓が怪我をするから駄目だわ。素手でいくのよ」

「ええい！　女は度胸！」

そうは言うものの、木箱から一定の距離を保ったまま動けないでいる。

「ねえ、圭歌」

「なんでございましょう⁉」

「結婚ってそんなにいいものかしら。それほど幸せに浸れるものなの？」

璃珠がちらりと九垓に視線を送ると、察して圭歌は頷《うなず》いた。

「皇帝陛下と皇女様が結婚するとなると、もはや国の一大事。国と国とのお付き合い。国家行事でございます。好《す》いた惚《ほ》れたで結婚する方が稀だと存じ上げておりますので、陛下と璃珠様の場合は、とてもとても稀少《きしょう》で幸せな事例であると認識しております」

「好いた惚れたね」

「理由はよくわかりませんが、陛下は璃珠様に首ったけのご様子。それもまたよろしいのではないかと。険悪でギスギスしている主に仕えるなんて、胃が保《も》ちません」

「でも圭歌。結婚なんて奴隷契約じゃないの」

「うん？」

圭歌は動きを止めて、首を傾《かし》げる。

「嫁が主で婿が下僕でしょう？　わたしの母はふんぞり返って、父を足蹴にしていたわよ。九垓はわたしにそうされるのが嬉しいのかしらね」

「芳ではそうなのですか!?　恐ろしい国！　しかし代々女帝の国と聞き及んでおりますから、女性が強いということなのでしょうか」

「驍では違うのかしら。逆ってこと？　ということはなに……わたしに九垓の従順な下僕になれということ？　絶対に嫌よ」

きっぱりと言い放ち、璃珠は腰に手を当てる。

「そもそも男なんてね、あまり信用ならないの。特に婿入りする男にはがっかりしているのだわ。わたしの父はね、顔も良くて口も達者だったけれど、宮中の女を片っ端から口説き回る、なかなかのろくでなしだったわよ。わたし以外にも子供がいるんじゃないかしらね」

「お可哀想《かわいそう》な璃珠様！　とんだゲス野郎です！」

「だから結婚に興味はないし、それを喜ぶ九垓の気持ちなんてさっぱり理解できないのよ」

「だから夫婦像が歪《いびつ》なのですね。ああしかし……皇族とはお世継ぎを作ってなんぼですから、ゲス野郎のゲスな行動はあながち間違って……いや駄目です！　心情的に許せません！　八つ裂きです！」

怒りの色を浮かべて圭歌はこちらを見てくる。別に自分の境遇を可哀想だと思ったことはないし、そもそも夫婦とはそういうものだと認識していた。他に知っている夫婦と言えば、璃珠の父親であり華陀の叔父の李陶《りとう》か。あそこも妻の方が強く、李陶はこき使われていたものだ。

しかし驍ではどうやら違うらしい。ますます理解が及ばない。

「愛して欲しいと九垓は言うけど……足蹴にするのが『愛』ではないの？　なら、わたしにどうしろと言うのかしら」

九垓を幸せにするには愛してやればいいのだろう。だが他に知っている愛は、母のそれしかない。璃珠は少し考えて、圭歌を招き寄せた。

そして素直に寄ってくる圭歌の頬を軽く張った。

「な！　何故に私はぶたれたのですか!?　おまけにその手、さっき蚯蚓を触った手ですよね!?」

母は華陀にこうしたものだ。その後には確か――。

璃珠は圭歌をひしと抱き締めると、その手で髪を撫《な》で付ける。

「愛しているわ、圭歌。おまえはわたしの側にずっといるのよ」

「いいいやぁぁあー！　あの軟体生物を鷲摑みした手で……手で!!」

ひとしきり叫んだ後、唐突に圭歌はすんと静かになった。

「……ごめんなさい、お家に帰っていいですか？　身体を洗って着替えたいです」

「あら、泣いているの？　やはりね……わたしもそうされて泣きたくなったものだわ。

ということは、これは『正しい愛』じゃないのよ。間違いないわ」

実験の結果はこれだ。圭歌は泣くほど嫌がった。それが全てである。

こうなるともう、途方に暮れるしかない。

「間違った愛じゃ駄目なのよ。せっかくならあの子には、正しい愛を示したいわ。でも……愛ってどこにあるの？」

感傷的な言葉は風に乗って儚《はかな》く消える。後に残ったのは立ち尽くす璃珠と、さめざめと泣く圭歌と、蠢《うごめ》く蚯蚓だけだった。

＊　　＊　　＊

全てを諦めたのか覚醒したのか、無表情で蚯蚓を鷲摑みにして堆肥に混ぜ込んだ圭歌を供に、璃珠は離宮に向かって歩いていた。

どうやら、今日の客がやってきたらしい。どこの誰かは知らないが、ご苦労なことである。さっさと済ませて庭園へ戻ろう。

賓客を通す部屋へ入ると、すでに要人は揃《そろ》っていた。卓を挟んで九垓の向かいに座っているのは、男が一人と女が二人。

璃珠が姿を現すと慣習通りに立ち上がろうとしたが、手を振ってそれを制した。

「座ったままでいいわ。時間がもったいないもの」

それだけ言うと、九垓の隣に腰を下ろす。さて、一秒でも早く終わらせよう。

察した九垓は居住まいを正すと、いかにも仕事用の顔でこちらを見やる。

「紹介しよう。こちらが昊《こう》国からいらっしゃった、皇帝の榮舜《えいしゅん》殿」

「まあ……わざわざ皇帝が足を運んできたの？」

これまでの客人は各国元首の名代がほとんどだった。余程、九垓と懇意にしているのだろうか。しみじみと向かいの男性を眺める。

歳《とし》は九垓より少し上だろう。睫毛《まつげ》が長く、目鼻立ちもかなり整っている。長い赤褐色の髪を一つに結い上げた、すらりとした美丈夫だった。なにやら華やかな雰囲気である。着ているものも派手ではないが、随分と品が良い。

「お話は九垓から少し伺っております。芳から嫁がれた姫君だとか。この度は無事に婚儀へのお運び、おめでとうございます。いやあ、実にお美しい！」

「そうよ、わたしは美しいの。おまえはなかなか見る目があるわね。それにしても……旲？　どこかで聞いたような……」

はてなんだったか。いつかの記憶を思い出そうとしていると、やおら榮舜が立ち上がる。座ったままでよいと言った璃珠の言葉を無視してだ。こちらの近くまでやってくると、璃珠の手をしっかりと握る。

「黒曜石のように艶やかな御髪《おぐし》、魅惑的な紅玉の瞳……肌は白く透き通る絹の如き。きみが旲にお生まれになっていたなら必ずや参上し、我が後宮にお迎えするのに」

「旲の後宮ね」

上の空で呟くと、明らかに九垓の表情が変わった。仕事用の愛想を消し、眉間に深い皺を刻む。今にも榮舜を殴り倒してしまいそうである。そうなる寸前、女性の一人が声を上げた。

「榮舜様」

柔らかいながらも、凜《りん》とした声だった。いつものことを窘《たしな》めるような声色に、榮舜は苦笑を浮かべて席に戻る。

「お気を悪くされませんように、璃珠様。榮舜様は美しい女性を見ると、口説かずにはおられないのですわ」

「残念なことに、そういう種類の人間は一定数いるのよ。それに本当のことを言っただけなのだから、別に気を悪くしないわ。わたしは心が広いの」

まるで自分の父のようだ。やはり男とは皆こうなのだろう。九垓もいつか、見境なく女に声をかけるようになるかもしれない。

憮然《ぶぜん》としていると、目の前の女性は軽く礼をする。

「申し遅れました。この度はおめでとうございます。心より言祝《ことほ》ぎ申し上げますわ」

「わたくし、昊の貴妃《きひ》で麗鈴《れいりん》と申します。どうぞお見知りおきくださいませ。」

後宮の妃《きさき》には位がある。その上位四人を四夫人と呼び、上から貴妃、淑妃《しゅくひ》、徳妃《とくひ》、賢妃《けんひ》となる。

貴妃ということは、後宮の中で皇后の次に位が高い。よくよく見ると、小柄な身体からは品位が溢れており、控えめながらも芯の強さを感じる。それでいて華やかな雰囲気を纏《まと》い、どこか鈴蘭《すずらん》を連想させた。手先は真珠のように白いが、同時に虚弱な青さも感じられた。少しばかり化粧が強いのは、青白い肌を隠す為かもしれない。

「貴妃ならば次期皇后ということ？　それとも別に皇后がいるのかしら。もしかしてそっちのおまえ？」

もう一人の女性にちらりと目をやると、彼女は申し訳程度に一礼して、淡々と事務的に口を開く。

「昊国淑妃、皐夕《こうゆう》と申します。昊にはまだ皇后はおらず、麗鈴様が立后されるかと」

淑妃なら後宮で二番目の位だ。立てば璃珠よりも少し背が高いくらいか。歳も上だろう。あまり装飾品を好まないのか、飾り気のない素朴な出《い》で立《た》ちだ。実質剛健という言葉が似合うほど、凛々《りり》しい印象を与える。

ということは、昊からは皇帝と次期皇后とその次の妃が、直々に挨拶に来たということになる。返す返すもご苦労なことだ。しかし昊——どこで聞いたのだろうか。

「昊は確か、曉の隣よね。わざわざ隣国の皇帝が挨拶に来るなんて、そんなに親しい仲なのかしら」

璃珠が尋ねると、野犬のように光らせた目を伏せて九垓は言う。

「……俺がまだ禁軍将軍だった頃、同盟軍として共に轡《くつわ》を並べたことがある。当時はお互いまだ皇太子の立場で、今よりも気安いものだったが……いや、実際気安いんだ、この男は。俺は任務を粛々と遂行したいのに、こいつはいつもふざけ半分に絡んでくる」

「でも、それなりに懇意なのでしょう？　おまえの為に隣国にまで来るぐらいだもの」

「禁軍で味方を集めて挙兵したとき……武器や物資を融通してもらった」

「なるほど、恩があるのね」

あまり強く出られないのだ。九垓が真面目であるから余計に。しかし愛想を完全に消しているのは、気の置けない間柄だからでもある。

「仲良しじゃないの」

「どこが！　立ち寄る町々で女と見れば口説き回る有様で……！」

「九垓は真面目だなあ。やがて即位するなら妃選びは大事な仕事だぞ。先を見越して行動することのなにが問題なんだ」

「そう言って目についた女を片っ端から後宮に入れるんだろうが。いつか痛い目に遭うぞ。今は何人いるんだ、おまえの妃は」

「百人くらいかな」

あっけらかんと言い放つ榮舜に、九垓は嫌そうな目を向ける。

だが璃珠は胸を衝《つ》かれた思いだった。

「百人も？」

軽薄で女好きで、ろくでなしだった父に似ているが、百人の女性を見初めたということは事実である。つまり彼は、百通りの愛を知っているのだ。その中には一つくらい、璃珠が求めている『正しい愛』があるはずである。

璃珠は卓に身を乗り出すと、正面から榮舜の顔を見据えた。

「おまえ、わたしに愛を教えなさい」

一同がぎょっとした顔で、一斉にこちらを見やる。九垓に至っては瞬時に顔色が青くなったほどだ。

「璃珠……！」

「ちょっと黙ってなさい。大事な話なのだから」

手を振って九垓をあしらっていると、その手を再び榮舜がしっかりと握ってきた。

「本気かな、璃珠」

「当然よ。わたしは面白くない冗談は言わないの」

「では、妃として昊に来ていただけるのかな？」

「昊ね……」

呟いた瞬間、ようやく思い当たった。

「そう！　昊よ！　思い出したわ！　七宝の花が自生している国じゃないの！」

「七宝の花？」

さてなんだろうかと、榮舜は自国の妃たちを振り返る。皐夕は首を横に振り、麗鈴は小さな指を顎に当てた。

「七宝とは、金と銀、瑠璃《るり》、玻璃《はり》、硨磲《しゃこ》、珊瑚《さんご》、瑪瑙《めのう》のことですの？」

「そうよ。花の中には、七宝の名で呼ばれる稀少で美しい種類があるの。その一つが『山荷葉《さんかよう》』よ」

「山荷葉？　知らないな」

こざっぱりした顔で榮舜は告げる。

「昊は山深い国でしょう？　山荷葉は涼しくて湿度が高い、緑に囲まれた高地に生える山野草よ。わたしも見たことがないのだわ。何故七宝と呼ばれるのか……是非に手に入れたいと手を尽くしたけれど、とうとう叶《かな》わずよ。でもついに到来したの！　満を持して！　この目で確かめるときが来たのよ！」

「璃珠……落ち着いて……！」

「邪魔よ、九垓！」

袖を引く九垓を振り払い、榮舜の手を両手で握り返す。

「おまえ、わたしに献上しなさい！」

「ふむ。璃珠は殊更に、花に執心なんだね。山奥に咲く花とは……きみが言ったように昊は山の中にある国だ。植物に精通している山師も多い。聞けば手に入るかもしれないね」

「本当なの⁉　なら――」

「であれば璃珠、こうしよう」

璃珠の語尾を遮って、榮舜は色気のある顔でにこりと笑う。

「きみには愛を教える。そして山荷葉も差し上げよう。代わりにきみは、私の後宮に入って妃になる」

「後宮妃ね……わたし、何事も一番じゃなきゃ嫌な性質《たち》なの。その他大勢なんて我慢ならないわ」

「なら、次期皇后はきみだ。きみの紅玉の瞳には、その価値があるからね。今からきみは昊の貴妃だ」

これにはさすがに、現貴妃の麗鈴が声を上げた。

「榮舜様……！　お戯れもほどほどに……」

「いいじゃないか。位が一個ずつ後ろにずれるくらい。四夫人であることには変わりはないよ」

「しかし……！」

おろおろとする麗鈴に対し、皐夕は小さく笑みを浮かべる。

「いつものことではないですか。これはもう、陛下のご病気……というか性分なのですから」

「皐夕様……」

それはそれとして、璃珠は榮舜に指を突き付けた。

「でもわたし、軽薄でろくでなしのおまえが好きじゃないのよ。九垓は愛し愛されるのが理想みたいだけど、おまえの後宮はそうじゃなくても成立するのかしら？」

「相思相愛なら尚良《なお》しだが……ろくでなしとまで言われて引き下がれないな。百人の妃を持つ皇帝として、なんとしてもきみを惚れさせてみせようじゃないか」

「あら、できるのかしら?」

「当然だ。百戦錬磨の私に不可能などない」

榮舜は胸を張って言い切った。大した自信である。

人間嫌いの上、男性不信でもある自分に好意を抱かせることができるなら、紛れもなく本物だ。それこそが『正しい愛』に間違いないだろう。

その知見と手練手管を得れば、速やかに九垓に正しい愛を与えてやれる。結果として、愛し子は幸せになるはずだ。問題はない。

胸を張る榮舜の目の前で、璃珠も腰に手を当てた。

「受けて立とうじゃないの。わたしは誰の挑戦も拒まないのよ。いいわね、九垓」

「いいわけない! 璃珠、こんな男の悪乗りに付き合うことはないんだ。花はどんな手を使ってでも手に入れる。だからこんな馬鹿げた茶番は……!」

「馬鹿げてはいないわよ。山荷葉もこの男の愛も、わたしはわたしの欲しいものを手に入れるの。なにか問題がある?」

すでに璃珠は決めたのだ。決めたからには実行あるのみ。それを九垓もわかっているはずだが、すでに蒼白《そうはく》の顔で言い募る。

「花はともかく、愛? こいつの? 俺のじゃ駄目なのか!?」

「わたしが納得できる愛を、おまえは教えられるの?」

「愛……」

唖然《あぜん》と立ち尽くしてから、九垓は璃珠の手を取って甲に口付けてきた。

なにかに似ている。柔らかくて温かい、あれだ。

「蚯蚓みたいな感触だわ」

「…………」

今度こそ九垓は、がっくりと膝をついて崩れ落ちた。榮舜はそれを見て、にやにやと意地悪く笑う。

「これから婚儀をしようという妃を繋《つな》ぎ止めておけないとは……その不甲斐《ふがい》なさに情けをかけてやろう。ここは一つ賭けだ」

「賭け？　そう言えばおまえ……博打《ばくち》も好きだったな」

また妙なことを言い出したと、九垓の金の目が榮舜を睨む。

「期限を決めよう。おまえと璃珠の婚儀の日取り……つまり七日後までに『わたしは是非ともあなたに嫁ぎたいわ』と璃珠に言わせた方が勝ちだ。山荷葉は今すぐ手配する。早馬なら間に合うだろう。私が勝てば、その七宝の花とやらを手渡し、璃珠を昊に連れ帰る。なに、おまえは花にも勝る魅力で璃珠を繋ぎ止めればいいだけだ。簡単だろう？」

「な……！　また好き勝手な――」

「大した自信だこと。まあいいわ、その賭けに乗ってあげるわよ」

「璃珠！」

九垓の顔は蒼白を通り越して土気色だ。なにをそんなに狼狽《ろうばい》することがあるのか。

それに魔女に挑んでくるなど命知らずにもほどがある。

「簡単な話じゃない。山荷葉を手に入れて、愛を得て、昊へ行って貴妃になって……離縁してさっさと帰ってくるわよ。この男の愛なんて蹴飛ばしてやるわ」

「そんな旅行みたいな話じゃないし、強欲が過ぎる！」

「わたしを誰だと思っているの？　自分のことは自分が一番よくわかっているのだわ」

「売り言葉に買い言葉、万が一ということも……」

「蹴飛ばすとまで言われては、私も本気にならざるを得ないな。逃げられるとは思うなよ」

ふふんと自信満々に榮舜は笑う。どうやら相手にとって不足はないようだ。

璃珠は九垓にびしっと指を突き付ける。

「というわけだから、わたしはこの男と婚約するの。だから九垓、おまえとの婚約は破棄よ！」

「…………！」

直後、九垓は萎《しお》れる花のように、ぱたりと卒倒した。

第二章　茶会

九垓《くがい》が初めてそれを見たのは、朱明宮《しゅめいきゅう》へ迎えられて半年が過ぎた春のことだった。ようやく年の頃も十を数え、芳《ほう》での生活に慣れてきたはずなのだが。

芳の離宮の一つである朱明宮。百の花が咲き乱れ、女帝である華陀《かだ》が手ずから管理する広大な庭園がある。

その一角で、それを見たのだ。

「うわあぁぁー!」

九垓は思わず大声を上げ、持っていた木桶《きおけ》を放り投げた。

目の前では何千匹という蜜蜂が飛び回り、辺りの空を黒く染めようかという有様だったのだ。

ただ事ではないし、なにより九垓は蜂が苦手だった。背筋が寒くなる羽音、大きな目、鋭い針。やがて蜜蜂の大群は一つの塊になり、黒々とした球になった。それが少しずつ移動し、大きな木の枝元に垂れ下がるように集まる。蠢く大量の蜜蜂を目の当たりにして、九垓はすっかり腰を抜かしてしまったのだ。

「どうしたの、九垓。なにが――」

九垓の悲鳴を聞きつけて、金の髪を舞わせて華陀がばたばたと走ってくる。

「華陀様！　危ないですから、殿舎にお戻りください！」

しかし華陀は素早く蜜蜂の球を発見し、ふるふると手を震わせたのだ。

「素晴らしいわ！　ようやく来てくれたのね！」

「華陀様!?」

「待ちに待った蜜蜂の大群よ！　さあ、祈りなさい！　わたしが作った巣箱に入ってくれるよう、おまえも祈るのよ！」

そう言って、百花《ひゃっか》の魔女は興奮気味に赤い瞳を輝かせるのだ。

「な、なにに祈ればいいのですか？」

「なんでもいいから、祈るの！　蜂の神様に祈るのよ！」

わけがわからなかった。こんなに大量の蜂を見て、何故喜ぶのか。巣箱？　そういえば先月、華陀は木材と金槌《かなづち》を持ち出して一端《いっぱし》の大工さながらの作品を作り上げていた。蒸籠《せいろう》のような木工品だ。それを大事に運んで、庭園の一角に置いたのだ。それが尻餅をついた九垓の、目の前にある。

そう、確か巣箱だと言っていた。それ以上の説明を求める以前に、初めて金槌を持った手つきに散々な駄目出しをされて、落ち込んだものだが。てっきり鳥の巣箱だと思っていた。

「蜜蜂よ、どうぞお入りください」

「お、お入りください……？」

手を合わせて祈り出した華陀の隣で、見よう見まねで呟いてみた。だが蜂の塊は一向に動こうとしない。魔女は短気だ。焦れたのか、あろうことかその蜂の球に手を突っ込んだのである。再び九垓は叫んだ。

「やめてくださいぃぃ――！」

「大丈夫、刺さないのよ。暖かくて気持ちいいくらいだわ。ほらおまえたち、わたしの巣箱に移動してちょうだい。金稜辺《きんりようへん》も用意したのだからね」

「刺さなくてもやめてくださいー！」

「ふぅん？」

目を細めて悪戯《いたずら》っぽく笑うと、華陀は九垓の手を無理矢理掴む。そしてそのまま、蜂の大群にずぼっと入れられてしまった。虫が這《は》う感触が手に伝わる。

「あああぁぁー！」

頭が真っ白になったのも束《つか》の間《ま》、極度の混乱状態の後、唐突に思考が止まった。

「カダサマヤメテクダサイ」

「……泣かなくてもいいじゃないの」

さすがに悪いと思ったのか、華陀は頬を膨らませると侍女である雀子《じやくし》を呼んだ。定年間際という侍女長の彼女はすでに察していたようで、言われるまでもなく椅子を二脚用意する。

蜂の群れを確認できる位置にそれを置くと、腰を抜かして涙目になっている九垓を引き摺《ず》って座らせた。すかさず雀子から温かい茶を差し出され、それを飲んだところでようやく落ち着きを取り戻す。

「……華陀様は、蜂が来ると嬉しいのですか？」

「あれは蜂球《ほうきゅう》と言ってね、蜜蜂の群れが新しい巣を探しているのよ」

「はぁ」

「蜂は蜜を集める為に、その身体に花粉を付けて花から花へと移動するの。そのお陰で花が咲き、実ができ、種になるのよ。つまり蜂がいないと、わたしの庭園は成り立たないの。何年も前から誘致していたのだけど、ようやく来たのだわ。嬉しいに決まっているじゃないの。わたしの花が素晴らしいという証《あか》しよ」

「華陀様の花は素晴らしいですが、蜂がちょっと寄ってくれたらそれで済むのではないですか？」

すると華陀は、こちらの頭を指で小突いた。

「おまえはわかっていないわね。庭園に巣があるのがいいに決まっているじゃないの。蜜蜂の魅力はなんといっても蜂蜜よ。わたしが咲かせた花から作る蜂蜜なんて、美味《おい》しいに決まっているのだし、食べてみたいじゃない」

「蜂蜜……」

「養蜂をしている人間から蜂を群れごともらうという手もあるのだけどね、どうせなら野生の蜜蜂に来て欲しいじゃないの。無理矢理人の手で移動させた蜂よりも、自然に呼び寄せられた蜂の方が素敵だわ」

頬を紅潮させてうっとりとする華陀を見上げて、九垓はそういうものなのかと曖昧に返事をする。そういえば華陀は、あまり人の手を加えないことを良しとしている。魔女の力で植物を生長させることもできるが、あまりそれを良しとしないところがあるのだ。

「おまえ、蜂の巣を見たことがある？」

「ありません」

「芸術的よ。決して人間の手で作ることのできない、至高の逸品だわ。それに蜂という生き物が好きなのよ。おまえは知らないかもしれないけど、蜂は一匹の女王蜂とそれに従う働き蜂で構成される、社会的な生き物なの。わたしに似ていると思わない？」

「まあ、華陀様は芳で絶対的な女王ですけど」

「蜂の世界は過酷よ。群れに君臨していた女王蜂が寿命を迎える頃になると、新しい女王蜂が生まれるの。羽化した新女王蜂は他の女王候補を殺して、生き残ったものが唯一の一匹になるのだわ。一つの国に女王は二人もいらないの。そして群れの半分を率いて新しい巣を探す。それがあの蜂球よ」

「じゃあ、あの群れは新しい女王の群れなのですか？」

「そうよ。生まれたばかりの女王をわたしは迎え入れるの。敬意を持ってね。虫ばかりは意のままにならないのよ。でも、そこがいいのだわ。だからね、九垓。おまえも蜜蜂を見たら丁重に扱いなさいよ。わたしにするみたいに」

こと花に関しては饒舌《じょうぜつ》になりがちだとは思ったが、まさか虫までもとは。しかし、昨日の今日で蜂が好きになるはずもなく、毎年のように蜂を見ては逃げ回ったものだ。九垓にとって日溜《ひだ》まりのような懐かしく温かい思い出だった。

「……女王蜂は一生を巣に囚《とら》われ続けるのよ。まるで芳から出られないわたしだわ」

そう言って魔女は、どこか悲哀の目を蜜蜂に向ける。

『女王は二人もいらない』、その言葉が九垓の脳裏に強く焼き付いた。この頃は、華陀は絶対で唯一の女帝だと思っていた。燃えるような彼岸花に囲まれて凜と立つ姿は、決して揺らぐことのない真実だ。未来永劫《みらいえいごう》、今日みたいな日が続くのだと。

しかしそれは覆された。新しく王に成り代わろうする輩《やから》に、全てを奪われたのだ。

『一つの国に王は二人もいらない』とでも言うように、九垓の目の前でその首を切り落とされて。

その後から、九垓は度々悪夢に魘《うな》されるようになった。あの日溜まりの思い出が踏み荒らされ、手にしていたはずの愛しい人に置いていかれる夢だ。睡眠を満足に取れた記憶がないほどに。

手を伸ばしても捕まえられない、もう二度と手に入ることのない幸せを、ただただ追いかける。闇の中を歩いて、いるはずのない魔女を捜した。

ようやく悪夢から解放されたのは、華陀の魂を宿した璃珠《りじゅ》との婚儀の日取りが決まった日だった。決して放すまいと誓ったはずだが、当の魔女が指の隙間からするりと出ていってしまった。あろうことか、隣国の軽薄な皇帝に嫁ぐと言い出したのだ。

その男の愛が欲しいとも。

そして悪夢は再び訪れたのだ。

＊　＊　＊

九垓が目を覚ますと、眉根を寄せる璃珠の顔があった。どうやら寝台の枕元に、彼女が座っているらしい。

「おまえ、大丈夫？　なにか譫言《うわごと》で呟いていたわよ」

艶やかな黒髪を結い上げて、花の意匠の簪を挿した娘が覗き込んでくる。彼岸花の色をした瞳を見て、ようやく誰かを思い出した。

「……華陀様？」

思わず呟くと、璃珠は慌てて辺りを見回す。

「おまえね……今は誰もいないからいいけれど、その名を聞かれでもしたらどうするの？」

「あなたは今、ちゃんとここにいますか？」

「いるじゃない。おまえの目は節穴なの？　ああでもあれね。昨日倒れてから半日寝ていたのよ。泥のように眠っていたから、きっと寝ぼけているのね。わたしは優しいからなにか持ってきてあげるわ。水？　果物？　粥《かゆ》がいいかしら」

「あなたがいれば、なにもいりません」

「…………」

しばしの沈黙の後、璃珠はその手を九垓の額に当てた。

「やはり寝ぼけているのだわ。それとも熱があるのかしら。働けとは言ったけれど、働きすぎは良くないのよ。何事も程々にすべきなの」

徹夜で箱いっぱいの種の選別をする魔女が、一体どの口で言うのか。九垓は小さく息をついて重い半身を起こす。半日も寝ていたのだから、身体が怠《だる》くて当然だ。気を失う前のことを少しずつ思い出して、もう一度深くため息をつく。

「華陀様。どうかお考え直しください。珍しい花が欲しいのは重々承知していますが、なにもいきなり他国の皇帝と婚約なんて……」

「だって……どうしても欲しかったのよ、山荷葉《さんかよう》が」

言って、ぷくっと頬を膨らませる。九垓は知っていた。こういう愛らしい顔は、自分にだけ見せてくれるものだと。思わず破顔していると、璃珠は嬉しそうに『ほら』と声を上げる。

「おまえだって気になるのでしょう？ 見てみたいのでしょう？ なんと言っても七宝の花なのよ。金のように輝くのかしら。瑪瑙のような緻密なきらめきがあるのかしら……ああもう！ いても立ってもいられないわ。あの男に催促しなければ！」

そのまま立ち上がろうとするので、九垓はその手を握って引いた。

「お待ちください。大体なんですか、愛が欲しいって。愛されたいということですか？ あの男に。僕ではなく？」

「強いて言えば……そうよ。身を以て知りたいのだわ、あの男の百通りの愛をね」

「僕の愛し方では足りないということですか？」

「聞くけれどね。そもそも、おまえの『愛』とやらは具体的にどういうものなの？ わたしを餌付けして肥え太らせることかしら」

「まあ……美味しいものを食べてぬくぬくと過ごして欲しいとは思いますが」

「おまえの『好き』というのはどういう感情なの？　わたしが花を好きなのとは違うのよね、恐らく。手を握って耳障りの良い言葉を囁《ささや》くのが『好き』なのかしら」

『こんな風に』と言って、彼女は繋がれたままの手を見下ろす。

「……それもあると思いますが、もっとこういろいろと……」

「例えば？」

「相手の意思を尊重し、健やかに毎日を過ごしていただけるように尽力し、欲しいものがあるなら先んじて与え、飢えることなく毎夜安らかに床についてもらう、とか」

「おまえのそれは、相手を甘やかしているだけであって、愛ではないわよ」

「そう……でしょうか」

消え入りそうに呟く。すると璃珠は、こちらの手を振り払って悠然と腕を組んだ。

「なら、わたしの意思を尊重して、あの男との婚約を認めなさい」

「……それは承服しかねます」

「なんなのよそれ、矛盾しているわ。とにかく山荷葉を手に入れれば、わたしはそれでいいの。あの男と本気で結婚する気なんてさらさらないわ。山荷葉さえ手に入れれば、捨ててやるわよ」

「万が一ということもあり得ます」

「それほどに信用がないのかしら、わたしに」

些《いささ》か不機嫌そうに鼻を鳴らすので、九垓もさすがに眉根を寄せた。

「あなたは、あの男の厄介さを知らないんです。百戦錬磨だと本人は言っていましたが、あながち嘘《うそ》でもないのですよ。下町の娘から皇族の姫君まで……僕の知る限り、声をかけてなびかなかった女はいません。こと女性に関しては相手の本心を即座に見抜いて掌握する、面倒な男なんです。軽薄そうに見えますが味方は多いんですよ、実際」

「ふぅん。じゃ、取り込んでおいて損はなさそうじゃない。ならわたしもやってみようかしら、おまえの言う愛し方を。あの男の意思を尊重し、尽力して、欲しいものを与えればいいのね？　わたし、形から入るのもありだと思うのよ」

「!!」

えも言われぬほど強く頭を殴られた思いだった。愛しい魔女が、あんな男を特別扱いするのか。たとえふりだとしても、容認できることではない。ましてや、あの男の話術に引っかかりでもしたら。魔女は意外と抜けているのだ。

「華陀様……」

縋《すが》るように手を伸ばすと、璃珠は『あらまあ』と声を上げた。

「なんて顔してるの。大丈夫よ。おまえはわたしの可愛《かわい》い愛し子なのよ。特別に愛《め》でている大事な花なの。なにを狼狽《うろた》えることがあるのよ」

「特別……」

嚙みしめるように呟くと、璃珠はさっさと立ち上がる。

「そうよ。大事な花が美しく咲くように努めるのが、百花の魔女の役目だわ。だからね、心配しないでここぞとばかりに寝ていなさい」

「どちらへ？」

裾を翻す後ろ姿に問いかけると、璃珠は長い睫毛を瞬かせて振り返る。

「これから茶会よ。あの男とその妃たちは、婚儀の日まで逗留《とうりゅう》する予定なのでしょう？　暇を持て余しているようだからね、わたしが作った茶を披露してやるのよ。その光栄に跪《ひざまず》いて恐れ戦《おのの》くといいわ。おまえは――」

急に璃珠の姿を遠くに感じた。あの蜂の群れが黒々と魔女の姿を覆い、連れ去ってしまうかのように。あの悪夢の如く、消えていなくなってしまった魔女を求めて、闇夜を彷徨《さまよ》い歩く感覚に襲われた。寂しくて寒くて凍えてしまいそうになって、九垓は寝台から飛び起きる。今度こそ、置いていかれたくはない。

「行きます。僕も行きます」

「そう？　いいけれど、大丈夫なの？　顔色が悪いわよ」

「……大丈夫です」

＊　＊　＊

璃珠はちらりと視線を上げた。卓の向かい側には、沈んだ表情の九垓が押し黙って座っている。まるで葬送に参列する遺族の顔だ。

「そんなに夢見が悪かったのかしらね……」

呟くと、隣に座っている榮舜《えいしゅん》が顔を覗き込んでくる。

「どうした、璃珠。私の為に茶を淹《い》れてくれるのではなかったのかな？」

「淹れるわよ、おまえと皆の為にね。有り難く思いなさい」

茶杯を温めようと急須を手に取る。するとその手の上に、榮舜が大きな手を重ねてきた。じとっと半眼で眺めた後、払いのける。

「邪魔だわ」

「ふむ。きみは馴《な》れ馴《な》れしいのは嫌いなんだね。なるほど。見た感じ、稚《いとけな》い姫君かと思いきや、なかなか気が強くていらっしゃる」

「稚い？」

こちらは齢《よわい》二十八で没した魔女である。知らないとはいえ、稚いと思われるのはなかなか癪《しゃく》に障った。少なからずむっとした顔で茶杯に湯を注いでいると、榮舜は訳知り顔で頷くのだ。

「きみは愛を知りたいと言う。何故かな？」

「わたしはなんでも知りたいの。知らないことがあるという事実が許せないのだわ」

「気が強い上に欲深いね。百の愛を教えるのは、一朝一夕ではとてもできない。では、とりあえず一つ」

榮舜が声を潜めるので、思わず目を見開いて顔を寄せる。

「人間の頭というのは意外と単純で、言葉にするとそう思い込む。思えばそれが、真実になる。例えばそう……『わたしはあなたを愛している』。言ってごらん」

「………」

「そんなに嫌そうな顔をすることないじゃないか」

「思ってもないことは言えないわ」

「思ってなくても言うんだよ。心が信じ込むから」

「……ならおまえは、思ってもいない相手に愛を囁くのね」

「もちろん」

呆《あき》れを通り越してもはや感心する。軽薄も極まれりだ。少し身体を引いていると、榮舜は眩《まぶ》しそうに目を細めた。

「でもきみのことは、気に入っているんだ。その紅玉の瞳はなにものにも代えがたいからね。その瞳、好きだよ」

率直に褒められて悪い気はしない。心が伴っていなくても、まあ許せるものだ。なるほどと、璃珠は唸《うな》る。

「不思議なものね。一理ある気がするわ。ちょっと圭歌《けいか》、書き留めておきなさい」

「はあ」

少なくとも璃珠よりは、その手の経験は豊富なのだ。経験に裏打ちされた技術なのだろう。理解できないことをまず把握する。それが九垓に与える正しい愛への一歩になるのだ。

困惑顔で筆を走らせる圭歌を横目に、今度は軽薄な皇帝の妃たちを見やる。

「この男、いつもこうなの？」

湯を捨てた杯に茶を注いで問いかけると、小柄な麗鈴《れいりん》が鈴蘭のように可愛らしく笑った。

「そうですわね。とかく陛下はたくさんの愛をお持ちなのです。それが皇帝という器の大きさだと理解していますし、決して口にしたことを覆すような方でもございませんから。陛下が『愛している』と仰《おっしゃ》るのなら、紛れもなく愛されているのですよ。わたくしも璃珠様も、皆愛されておりますの。その事実だけで、わたくしは幸せでございます」

「まあ……一途《いちず》なこと。おまえはこの男を愛していると言うのね？」

「もちろんですわ」

やはりこちらも感心する。茶を勧めながら、璃珠は唸った。軽薄ともとい、数多《あまた》の愛をぶちまける榮舜の行いも、正しい愛の形なのだろうか。

「そっちの……皐夕《こうゆう》は？」

麗鈴の隣に静かに座っている皐夕に問いかけると、彼女は表情も変えずにちらりと榮舜を見る。

「目に付いた女性に片端から声をかけるのはいつものことですから、なんとも思っておりません。ろくでなしだ軽薄だと仰る璃珠様のお言葉も間違っておりません。皇帝は皆軽薄でよいではありませんか。お世継ぎの問題が速やかに解決しますので」

勧めた茶杯を手に取ると、事もなげに言って飲み始める。

「まあ、皐夕様はすぐに毒のある言い方をされて……ご容赦くださいね」

「毒は嫌いじゃないわよ。美しい花に毒があるなんて、よくあることなのだから」

麗鈴の言葉も、皐夕の態度も、皇帝の妃嬪《ひひん》としてなんら間違っていないだろう。なるほど、皇帝と妃の関係としては正しいように思える。

問題はこちらだ。同席しているからには勧めないわけにはいかない。青い顔をしたままの九垓に杯を差し出すと、なにか言いたそうな表情でそれを受け取る。しかしなにも言わずに、黙々と杯を傾けた。

「皇帝は皆、軽薄で結構らしいわよ」

「俺とそいつを一緒にしないでもらおう。世継ぎが多いということは、それだけ争いの種を蒔くということだ。多ければいいというものじゃない」

淡々と否定する九垓に、榮舜は面白そうに笑みを浮かべる。

「後継者争いで大変な目に遭ったのだから、そういう考えも理解できる。しかしおまえは、璃珠との世継ぎだけがいればいいと言うのかな」

「当然だ。百人の妃との間に百人の子供を儲《もう》けて、おまえはなんとかなると思っているのか?」

「それは暴論だが……なんとかなるんじゃないかな」

「なら昊《こう》はおまえがなんとかしろ。くれぐれも驍《きょう》に飛び火するような真似《まね》はしてくれるなよ」

敵意も剥《む》き出《だ》しに睨むが、榮舜はにこにこと笑うばかりだ。

「変わったね、九垓。私が知っている頃と比べると、別人のようだ。兄を討つ為なら手段を選ばないほど非情で、もはや国ごと討つことも辞さない鬼神のようだったおまえが、随分とお優しくなった。璃珠のせいかな?」

「…………」

それには答えず、九垓は杯を傾けるだけだ。

「おまえは昔の九垓を知っているのね。わたしの知らないこの子は、どんな風だったのかしら」

「聞きたいかな？」

「興味はあるわ」

すると九垓は、持っていた杯を大きな音を立てて置いた。それを見て榮舜は小さく吹き出す。

「おや、駄目だと言いたそうだが……彼女が知りたいと思うことを止めると言うのかな？　おまえにその権利はないよ」

「榮舜……いい加減にしろ」

静かな怒りを含んだ声色だった。対して榮舜は受けて立とうとばかりににやにやと笑うばかり。一悶着《ひともんちゃく》ありそうな雰囲気に狼狽えたのは、給仕をしていた圭歌だった。

「ああ……いけませんいけません。一国の皇帝と皇帝が喧嘩《けんか》など！　戦争になってしまいます！　戦争になったらみんなお腹《なか》を空《す》かせてしまいます！　腹ぺこは地獄なんですよ！　すみません璃珠様、なにか話題を変えてください！」

「話題ねぇ」

「ああ、ほら！　よく庭園で歌っておいでじゃないですか。今こそ皆様に披露する機会なのでは!? いつもお使いになる月琴《げっきん》をお持ちしましょう!」

わたわたと慌ただしく動く圭歌を、目敏《めざと》く棠舜が見つける。

「璃珠は楽器が得意なのかな? 是非聴きたいね」

「嫌よ。わたしは歌も楽器も得意だけれど、人間には歌わない主義なの」

「では誰に聴かせるのかな?」

「花に決まっているじゃない」

即答すると、棠舜は長い指で自分の顎を撫でる。

「ふぅん。それはもはや、執心を通り越して執念だな。ただならぬ思いを感じるね。花に妬《や》いてしまうよ」

「嫉妬するだけ無駄よ。わたしの一番はいつだって花なのだから」

「なるほど。これは九垓も手を焼くわけだ」

どういう意味だろうか。じろりと棠舜を睨むが、当の本人は素知らぬ顔だ。そのまま彼は、小さく手を打つ。

「そうなると昊の舞姫の出番かな。皐夕、一つお願いできるだろうか」

「承知しました」

返事をして皐夕が立ち上がる。後宮の妃であれば、詩歌管弦《しいかかんげん》に秀でていてなんら不思議ではない。しかし璃珠が少し目を見張ったのは、彼女が剣を手にしたからだ。

皐夕は細身の剣を取り、悠々と振り上げる。

剣舞だ。それも華やかな天女の舞ではなく、凜々しく力強い剣士のそれだった。

「まあ……なんて素敵なの」

思わず璃珠は呟く。妃にしては愛想がないし、名家の姫君だとしても華やかさはない。そのどこか地味で無色だった皐夕に、突然花が咲いたようだった。

榮舜に口説かれるのを良しとするような女性には見えなかったが、そんな彼女を何故手元に置いて大事にするのか、ようやく理解した。彼女は得がたい稀少な花なのだ。

「一本の茎に力強く咲く……扶郎花《ふろうか》（ガーベラ）かしら。それとも大輪の菊？　ううん、どちらもあまり適当ではない気がするわ」

ぶつぶつと呟いている間に、軽く息を弾ませた皐夕が舞を終えて一礼する。

刮目《かつもく》していたのは璃珠ばかりではなかった。珍しく目を輝かせた九垓が、力強く賞賛の拍手をしている。

「これは見事だ。驍にある多くの部族は、それぞれの舞を持っていたりするものだが、そのどれとも違うな。珍しい異国の剣舞だった」

すると皐夕は少しだけ前のめりになって、九垓の前に進み出る。

「そうなのです。私も様々な国の舞を嗜《たしな》みますが……驍のとある部族が舞う剣舞が気になっていて。随分と精巧な細工の剣を用いるとか」

「精巧……なら、祇《ギ》族だろうか。柄だけではなく刀身にも細工を施す。さて龍だったか花だったか……」

それを聞いて、ぱっと皐夕の顔が輝く。どうしても見たいという圧を感じたのか、九垓は僅かに下がった。

「わかった、手配してみよう」

「……もう一つ、お願いしてもよろしいでしょうか」

「なんだ？」

「一度、剣の手合わせをお願いしたく……！」

「剣の？」

さすがにこれには、璃珠も驚いた。

「おまえ、武官なの？」

「そういうわけではないのですが……とかく、見た目だけが華やかな榮舜様では相手にならず」

九垓と轡を並べる同盟軍の将だったはずだ。それが相手にならないとは。ちらりと榮舜の顔を見上げる。

「おまえは弱いのかしら？」

「九垓に勝てたことはないな。つまりは私では物足りないと言うのだよ。ここは是非、元禁軍将軍のおまえに相手をお願いしたい。ほら、私には恩があるだろう？」

「……そんなことで義理を果たせるなら構わないが」

訝《いぶか》しげな目をしながらも九垓が頷くと、皐夕は初めて笑顔を見せた。花開くような邪気のない笑みである。

九垓は面食らったように目を見開いた後、苦笑を浮かべた。どこか懐かしむようにはにかんだ顔を見た瞬間、ちくりと璃珠の胸が痛み出す。薔薇《ばら》の棘《とげ》が刺さったような、小さな痛みだった。

「……なんなの、これは」

特に珍しい顔ではないはずだ。時折、自分にも向けられる。それを他人に見せたから、なんだと言うのだろうか。

「どうしたんだい、璃珠。随分と険しい顔をしているよ。九垓が他の女に笑いかけるのが、そんなに嫌なのかな？　怒っているのかな？」

にやにやと笑みを浮かべた榮舜を、じろりと睨み付ける。

「そんなはずないじゃない。大体その理屈で言ったら、あの子がわたし以外の女と会う度に、いちいち怒らなければいけないわ。九垓は皇帝なのだから、そんな機会は山ほどあるに決まっているじゃない」

「でも顔が怒っているよ」

「怒ってないと言っているでしょう。わたしだっておまえや官吏と話をするわ。それに対して九垓は怒ったりしないわよ」

「いや、怒ってると思うよ。言わないだけで」

「もし言ってきたら、それこそ怒るわよ。わたしの行動と言葉を、おまえが禁じるんじゃないわよ、とね」

「でも、九垓が皐夕と笑顔で話すのは嫌なんだろう？」

「嫌なんて言ってないじゃないの！　自分はよくて九垓は駄目なんて、そんなの自分勝手で矛盾してるわ！　わたしはそこまで器の小さい女じゃないのよ！」

「そうか。なら皐夕は九垓に嫁がせようか」

　あっけらかんと言い放つので、璃珠は啞然として口を開いた。

「……なんですって？」

「きみは昊に来て私の妃になる。その代わりに皐夕が曉へ嫁げばいい。同じ剣の使い手同士、話が合うんじゃないかな。そうだ、これで丸く収まるじゃないか。きみは器の大きな姫君なのだから、九垓の行動と言葉を縛ることはしないだろう」

「…………」

　ちくりと、再び胸が痛む。そう、これは矛盾しているのだ。山荷葉を得る為に、嘘であっても桀舜と婚約してみた。逆に九垓が皐夕と結婚すると言い出しても、璃珠に止める権利はないのである。

もし九垓がこの提案を呑んだら——それを想像して、痛かった胸が今度は寒くなる。

大事な愛し子が幸せならそれでいいはずである。九垓の結婚相手が誰であっても、彼が幸せであるのなら。

九垓は金の目を細めて皐夕と談笑している。それを眺めている璃珠の胸中は、実に複雑だった。

「璃珠、私の杯が空になったよ。もう茶会は終わりかな？」

榮舜の声にはっと我に返った。見るとわざとらしく茶杯を逆さにして振っている。

「……最後にとっておきのを出してやるわ。待っていなさい」

もやもやする気持ちに蓋をして、圭歌に指示を出す。やがて卓には、玻璃の茶器が並べられた。

「まあまあ！　玻璃の茶杯……こんなに透き通って見事な逸品ですわ」

麗鈴は思わず手に取って、しげしげと眺めている。話を聞きつけたのか、九垓と皐夕もやってきた。そのことにわけもわからずほっとして、璃珠は手を動かした。

「その丸いのはなにかな？」

榮舜が指さしたのは、栗《くり》ほどの大きさの丸く固めた茶葉の塊だ。

「まあ、見ていなさい」

気を取り直した璃珠は、各々の透明な茶杯に丸い茶葉を一つ一つ入れていく。その上から静かに湯を注ぐと、ふわりと茶葉が踊り出す。糸がほどけるように茶葉が開き、中から一輪の花が咲いたのだ。

「まあ！　なんですのこれは！　花が咲きましたわ！」

麗鈴が頬を紅潮させて歓声を上げている。榮舜と皐夕も、目を丸くして見入っていた。上々の反応に悪い気はせず、璃珠は得意気に胸を反らした。

「わたしが作った花茶よ。花が咲くように見える細工をしたのだわ」

鼻息も荒くふんぞり返っていると、九垓はやはり懐かしそうに目を細めている。そういえば朱明宮では、度々披露したものだ。

「相変わらず美しい」

「九垓はよく見知っているということか。ふむ、これは高く売れるよ」

「あら嫌だわ。別に儲けようと思って作ったのではないのよ。美しい花をより美しく愛でる為だわ」

「そうなのかい？　でもこの技術は素晴らしいよ。もはや工芸品だ。やはり璃珠、きみが欲しいいね」

「もっと褒め称《たた》えなさい。でも作り方は秘密よ。誰かに教える気などないわ」

つんと余所《よそ》を向きながら、茶杯を一つずつ指していく。

「これは菊、こっちは麝香撫子《じゃこうなでしこ》（カーネーション）、これは茉莉花《まつりか》であれは千日紅《せんにちこう》。好きな花を選ぶといいわ。見た目も美しいけれど、味も上品なのよ」

「どうしましょう、皐夕様。わたくしは……茉莉花にしようかしら」

「そうですね。では私は、この黄色い菊を」

「おいおい。私を差し置いて選ぶのかな」

わいわいと昊の客人は賑《にぎ》やかである。杯を一つずつ手に取り、時間をかけて吟味していた。ちらりと九垓を振り返ると、彼の視線は茶杯の一点に向けられている。

「おまえはこれかしら。蓮《はす》に見立てた千日紅と百合《ゆり》の花茶」

「はい」

九垓は目元を緩ませて微笑む。そう、いつだってこの愛し子は蓮の意匠を好むのだ。何故か安堵《あんど》して、蓮の杯を九垓に渡してやる。

「じゃ、わたしは赤い麝香撫子にしようかしらね」

未《いま》だ決めかねている客人の間を縫って璃珠が杯を手に取ると、麗鈴が恨めしそうに眺めてくる。

「……ああ、麝香撫子も捨てがたいのですわ」

「あらそう？　譲ってやってもいいわよ」

そう言うと、麗鈴はぱっと顔を輝かせた。意外と子供っぽいところがあるらしい。

ようやくそれぞれが目当ての花を決めて、ぐるりと眺めてみたり、香りを楽しんでみたり。三者三様に味わう様子を眺めて、璃珠はそっと息をつく。

「なんだか疲れたわ。胃が痛いというか苛々《いらいら》するというか」

璃珠が杯に口を付けた瞬間だった。視界の端に、誰かが倒れる影が映る。直後、玻璃の杯が手から落ち、大きな音を立てて砕け散った。赤い麝香撫子が、無残に床に散らばる。

「麗鈴！」

榮舜の大きな声が聞こえた。

呆然として見やると、麗鈴が喉を押さえて卓に突っ伏していた。

＊　＊　＊

「なんてことなの！」

魔女は激怒した。

暁の主殿、九垓の私室で璃珠は憤慨のあまり、目の前が真っ赤になる思いだった。

麗鈴はすぐに運ばれた。九垓が迅速に侍医を呼び出し、対処させたのだ。恐らく毒である、という見解である。茶に盛られたのであろうと。

九垓の指示で茶器一式を部屋に運び、人払いを終えた。その直後の怒号である。

飲みかけの花茶を見下ろし、わなわなと拳を震わせていると、腕を組んだ九垓が冷静に口を開いた。

「毒味は？」

「してないわ。だってわたしが作った花茶なのよ。わたし以外の誰にも触らせていないわ。それに基本の茶葉は同じものを使っているのよ。麗鈴が倒れたなら、わたしも倒れないとおかしいわ」

「では、茶葉ではなく花の方に毒が？」

「わたしが愛しい花に毒を盛って、人を殺すと思うの？」

「それだけは決してあり得ません」

九垓に断言され、少しだけ落ち着きを取り戻す。大きく息を吐いてから、美しく整えた爪を軽く噛んだ。

「……だとすると、器に毒が塗られていたのかしら。いつ？」

「茶器は華陀様が芳から持ってきたものですよね。管理はどのように？」

「持ってきたまま仕舞っていて、出したのが今朝よ。花茶を出してやろうと思い立って、圭歌に荷物から探させたのだわ。他の誰も触っていないはずよ」

「そもそも不思議なのは、花茶を飲んだ他の人間はなんともないということです。であれば、水に毒を含ませた可能性もありません。特定の一人だけを狙ったものなのでしょうか」

「麗鈴を？　いえ……最初はあの麝香撫子の茶、わたしが飲むつもりだったのよ」

「だとすると、華陀様を毒殺しようとした大馬鹿者がいる、ということか」

金の瞳を剣呑《けんのん》に光らせる九垓を横目に、璃珠は眉を吊《つ》り上げた。

「これは大変な侮辱よ！　端から見れば、わたしが麗鈴を殺そうとしたように映るじゃない！　つまりわたしは濡《ぬ》れ衣《ぎぬ》を着せられたのよ！　いいえ、わたしだけならまだいいわ。問題はわたしの花に人殺しの汚名を着せたことなの！　わたしの花を辱《はずかし》めるなんて……絶対に許さないわ！」

魔女は再び激怒した。なんとしても犯人を見つけ出し、報復をしなければならない。

九垓も顔にこそ出さないが、静かに怒りを押し殺している風だった。非常時になればなるほど冷静になるのが軍人というものらしいと、いつか聞いたことがある。禁軍で将軍を務めたとなれば、その素養があってもおかしくはない。

九垓は長い指を伸ばし、割れた玻璃の杯の欠片を手に取る。茶はその場に流れてしまった。証拠としてあるのは、杯と共に落ちた麝香撫子とこの欠片に付着した毒だけだ。九垓は銀の杯に水を満たし、その欠片を入れる。その様子を見て、ふむと頷いた。

「銀が曇らないということは、砒霜《ひそう》ではないのか」

「そうね。暗殺に使う毒としては砒霜が有名だけれど……そうではないなら、なにかしら」

　璃珠は躊躇《ちゅうちょ》せずに銀の杯に指を浸してから、ぺろりと舐《な》めた。

「華陀様、おやめください。万が一ということもあります」

「これくらい平気よ。でも他の毒というのなら、絞りきれないわ。植物性の毒なら、それこそいくらでもあるしね。……えぐみはないわ」

　百花の魔女とはいえ、さすがに舐めただけでは毒の特定はできない。それに、と打ち捨てられた麝香撫子に目を向ける。このまま無残な姿を晒しておくのも、良いとは思えない。別の杯に水を張り、そっと麝香撫子を泳がせる。

　労《いたわ》りの視線を向けてくる九垓は静かに苦笑した。

「誰かが手を加えたのは明白です。この杯だけに毒を入れた。それをたまたま麗鈴が飲んだのか、あなたに飲ませようとしたのか。それとも別の誰かを狙ったのか、誰でもよかったのか。圭歌が毒を盛ったところで利はないでしょう。本人が毒味をする可能性もあるのですし、彼女ではない。であれば、あの場にいた誰かが下手人ということになります」

「わたしとおまえは除外よ。麗鈴は被害者なのだから彼女も違うわ。とすると、榮舜か皐夕？」

「その可能性が高いかと」

「……確かに、昊の三人は花茶を取り囲んでいたわね。それぞれが丹念に花を見て選んでいたもの。その隙に毒を入れることもできたかもしれないわ」

顎を摘まんで小さく唸ると、九垓は組んでいた腕をほどく。

「仮に華陀様を狙ったものだとすれば、なにか利益がある、ということです。狙ったのが麗鈴だとしても同様でしょうね」

「榮舜はわたしを妃にと言い出すくらいよ。その相手にいきなり毒を盛る意味がわからないわ。もし麗鈴を狙ったのだとしたら……なにか事情があるのでしょうけど」

「皐夕も貴妃に固執しているようには思えなかったので、皇后争いを理由に華陀様に毒を盛る動機は薄いように思えます……が、本人にどんな思惑があるのかなど、我々には知る由はありません」

「そうね。少しそれぞれに話を聞いてみようかしらね」

璃珠は視線を下ろし、ゆらゆらと揺れる麝香撫子に語りかける。

「おまえの汚名は、わたしがそそいであげるからね。待っていなさい」

＊　＊　＊

なにはともあれ、まずは麗鈴を見舞わねばならない。療養用に与えた後宮の離宮へ向かうと、侍医である馴染《なじ》みの老医師が部屋から出てくるところだった。こちらを見て、拱手《きようしゆ》する。

「これは陛下と璃珠様」

「麗鈴の様子はどうなの？」

「今は落ち着いております。しかし一時は嘔吐《おうと》や頭痛が続き、心の臓が強く打っておりました。幸いなことに、それほど多くを飲まれなかったご様子で……璃珠様の対応が迅速であったのもまた、幸いでございました」

「ああいうときはね、一刻も早く吐かせるのよ。ぼやっとしていると、人なんてすぐに死ぬんだから」

かつて華陀であった頃、身の回りの侍女が何人か死んだ。食事の毒味をしていた者たちだ。華陀が無理矢理吐かせて助かった侍女もいたが、手遅れであることもしばしばだった。得てしてそれらは、他国からの献上品に紛れていた。強大な芳国の女帝を害そうとする輩は、確かにいたのだ。可愛がっていた侍女が自分の身代わりに死んだと聞いたとき、助かったことを喜べばいいのか、侍女の死を悲しめばいいのか、よくわからなかった。

「話はできるかしら」

「少しでしたら、恐らく」

それを聞いて、璃珠は扉に手をかける。しかし後に続こうとした九垓を、老医師が制した。

「陛下はどうかお控えください。隣国のお妃様《きさきさま》の閨《ねや》でございますゆえ」

「……わかった」

問題があっては困ると言外に匂わされ、九垓は数歩下がる。『おまえは仕事に行きなさい』と指示をしてから、璃珠だけが部屋に入った。

ゆったりとした寝台に、薄着の麗鈴が横になっている。顔も青く、万全とは言い難いだろう。枕元の椅子に腰を下ろし、柔らかに声をかける。

「お加減はどうかしら？　特になにも持ってこなかったけれど、許してちょうだい。花や果実を楽しむ余裕はないと思ったからね」

「璃珠様……」

うっすらと目を開くと、麗鈴は薄く笑った。精一杯の笑顔であることは、明白である。

「最初に言っておくけれど、毒を盛ったのはわたしではないし、九垓でもないわ。信じるか信じないかはおまえ次第だけど」

「一番にわたくしをお助けくださったのですから、璃珠様を疑ったりはしませんわ。

この度はありがとうございました。恥ずかしながら、わたくしはとても食いしん坊ですの。きっと食べすぎてお腹を壊したのでございます。だって、毒を盛るような悪い方に、心当たりがないのですもの」

「誰も悪くないと言うの？　殊勝なことだけど、他人を疑うことも覚えた方がいいわよ」

「そうでしょうか」

「まあいいわ。腕を見せなさい。脈を確認したいわ」

そう言うと麗鈴は少し目を丸くして、綿入れから細い腕を持ち上げた。

「璃珠様は不思議なお方ですわね。お茶も作れるし、お医者様のようなこともできて……羨ましいですわ」

「天はわたしにいろんな才をくれたのよ。持て余すくらいだわ。あら、これはなに？」

麗鈴が握っているものを見つけ、璃珠は片眉を上げた。鮮やかな刺繍《ししゅう》の入った小さな袋に、赤い紐《ひも》で縁起の良い結びを作り、房を垂らしている。

「お守りでございます。入宮する際、母が持たせてくれたのでございますよ。一針一針、わたくしへの思いを込めた手製のお守りですの」

「この刺繍は花金鳳花《はなきんぽうげ》ね。八重の花弁が天下一品なのよ。一輪咲いただけでも見栄えのする、豪華な花だわ」

「まあ、そうなんですの？　恥ずかしながら、実際に見たことはなくて……璃珠様は本当に花にお詳しいのね。さすがは百花の魔女のお国から来たお方ですわ」

「春の花だからね、見せられなくて残念だわ。……うん、脈もおかしくはなさそうね。しばらくは養生していなさい。出歩けなくてつまらないでしょうけど」

なんとはなしに言うと、麗鈴は困ったように笑いそっと足下の綿入れをずらした。小さな素足が現れる。本当に小さな、子供のような足だった。三寸（約九センチ）を少し超えるだろうか。璃珠は顔を顰《しか》めながら、一見して理解する。

「……これは、纏足《てんそく》ね」

指を足の裏側へ折り曲げ、布で強く縛って足を変形させるのだ。足が小さければ小さいほど美しく、女性らしいとされる慣習である。どれだけ器量が良くても、足が小さい方が魅力的なのだとか。

「おまえの前で言いたくないけどね、わたしは嫌いよ。女を外に出さず、家に留《とど》めておこうという実に自分勝手な風習なのだわ」

「歩くことは叶いませんが、お陰で陛下に見初めていただきましたから」

麗鈴は目を伏せて、小さな足を綿入れで隠す。

そういえば、璃珠が訪れる場所には必ず麗鈴が座って待っていた。歩く姿を見ないと思ったが、そういうことだったのか。

この足では、移動する際は必ず人の手が必要になるだろう。輿《こし》か、もしくは侍女が抱え上げるのか。自由に出歩くことなどできるはずもない。

璃珠は陰鬱に息を吐く。

「……気を悪くしたかしら。別におまえを悪く言うつもりはなかったのよ」

「これは母の愛なのですわ」

「母親の？」

問い返すと、麗鈴は目を細めて頷く。

「なんと申しましょうか……母はとても心配性で、わたくしの未来をとても案じておりました。父は官吏でそこそこの位ではありましたし、難なく後宮へ上がれるほどの伝手《つて》もございました。何不自由のない名家ではありましたが、後宮へ入ればそれで良しとはなりませんでしょう？」

「そうね。普通なら妃嬪の中で上を目指すでしょうね。できれば四夫人、できれば皇后を」

「はい。ですので是非、皇后へと……その為の小さな足なのですわ。何一つ、母に不満などあろうはずもございません。娘を思い心配し、より良い未来の為にとしてくださったことなのです。感謝の毎日ですわ」

「おまえがそれでいいのなら、わたしが言えることはないわ」

「わたくしなどをご案じくださり、璃珠様はとてもお優しい方なのですね。さすがは榮舜様がお認めになった姫君。昊へと来ていただき、貴妃になって欲しいわ」

「おまえはお人好《ひとよ》しね。皇后になりたいのなら、わたしなど邪魔じゃないの」

「榮舜様が皇后にと仰ったのなら、それが一番だと思っておりますの。榮舜様の幸せが昊の幸せ。国の未来が明るければ、それでよろしいではありませんか」

あっけらかんと言うので、思わずまじまじと麗鈴の顔を眺める。

「お人好しを通り越して、もはや天女だわね。私利私欲がないのかしら。……まあ、わたしが昊に嫁いで皇后になったら、山深い小さな国土に満足しないでどんどん領地を拡大してやるわ。そうしたら、おまえが見られる景色も広がるでしょうし」

「まあ、素敵！」

麗鈴が手を叩いて喜ぶので、璃珠は苦笑を浮かべて立ち上がった。

「邪魔したわね。また顔を見に来るから、いい子にしているのよ」

「はい」

いくらか顔色の良くなった麗鈴の頬を撫でてから、花金鳳花のお守りを握る小さな手を、上からそっと握った。

＊　＊　＊

璃珠が部屋から出ると、そこに立っていたのは榮舜だった。

「見舞いに来たの？　わたしと話ができるくらいには元気だわ」

「少し、きみと一緒に歩いても？」

遠回しに『話がしたい』ということか。璃珠は鼻を鳴らすと、ちらりと周囲を見回す。九垓はいない。言うとおりに執務へ向かったのだろう。

「いいわ、ついてきなさい」

言って先に立って歩く。離宮の庭園の四阿《あずまや》まで行くと、璃珠は一度だけ麗鈴の部屋の方向に視線を投げた。

「まるで籠の鳥ね。自分の意思で部屋から一歩も出られないなんて」

かつて華陀だった頃のことを思い出すのだ。鬱陶しく忌ま忌ましい呪いを。

芳という籠から、文字通り一歩も出られない百花の魔女だった。比喩ではなく、本当に一歩たりとも国土の外に出られない。代々の魔女がそうしてきた。決して外に出てはならぬ、出れば滅ぶと散々言い含められてきたから。

出てみようと試したことはなく、自ら破滅に進もうとする自殺願望もなかった。芳の外にある花には大層興味を引かれたが、行けないのなら取り寄せるだけだ。無理矢理にでも。そうやって仕方なく呪いを受け入れてきた。

だから芳は大国でなければならなかった。他国に対して圧倒的な存在でなくては、欲しいものが手に入らないのだから。華陀が没した後の芳は、見る影もないが。

「哀れだろう？」

まるで自分が哀れみを向けられているように感じて、些かむっとする。

「本人が哀れだと思っていないのなら、その言い方は避けるべきだわ。おまえは、哀れだと思って貴妃にしたのかしら」

「まさか。哀れみだけで貴妃にするほど後宮は甘くないよ。あれはできた娘だ。ふわふわと可愛いだけじゃない。強い娘だよ。小さな足も魅力的だけどね」

「確かに芯の強い娘よ。少しばかりお人好しなところがあるみたいだけど。なら皐夕はどんな娘なの？　毒を盛るような人間かしら」

「そうだな……皐夕には姉がいた。佳綾《かりょう》という名の聡明《そうめい》で美しい娘だった。皐夕と佳綾は、元々旅芸人でね。私がお忍びで通っていた一座の舞手だったんだ。あまりの美しさに一目惚れをして、なんとか口説き落として後宮に来てもらった。私はすぐに貴妃にしたよ」

「『だった』？」

「死んだ。毒殺されたんだ。茶会でね」

長椅子に腰を下ろすと、榮舜は目を伏せる。

「立后も目前という時期だった。毒は佳綾の杯だけに入っていて、毒味役の侍女も無事なんだ。しかし誰が盛ったのか、毒の出所もわからず……今も真相は闇の中だが、皇夕と佳綾が度々口論をしているのを見た、という人間が後宮に多い。恐らく、皇后の座欲しさに、姉を毒殺したんだろうと、もっぱらの噂《うわさ》だね」

「あくまで噂でしょう？　それに、今の今までそれを放ってきたというのなら、おまえはとんだ無能ね」

「無能か……。まさか後宮中の人間を押さえつけて拷問するわけにもいかないだろう。私の愛しい妃たちにそんな手荒い真似はできない。それに自分の妃を疑いたくはないものだよ。できれば外部の人間の仕業であって欲しいと思っている。佳綾の件も、今回の件も」

「そこが無能だと言うのよ。誰かを毒殺するような人間性に女も男も身分も関係ないわ」

「はは。これは手厳しい」

榮舜は小さく笑ってから、こちらを見上げてくる。

「そのせいで、誰が皇后になるかについては一度白紙になった。私は佳綾に随分と未練があってね……かといっていつまでも皇后を迎えないわけにもいかない。順当に位を繰り上げると、当時淑妃だった麗鈴が貴妃になる。その貴妃を皇后にする。そのつもりだった」

『でもね』と榮舜は続ける。

「きみが現れた。紅玉にも勝る美しい姫君を見つけてしまった。私は是が非でもきみを昊に連れて帰りたいと思っている。すぐにでも皇后に迎えたい」

「その結果、わたしの杯に毒が盛られたというのかしら。いい迷惑だわ」

璃珠は腰に手を当てると、悠然と榮舜を見下ろす。

「おまえが自分の後宮の妃を愛でるように、わたしはわたしが育てた花が愛しいの。その花に人殺しの嫌疑をかけられているのよ。愛しい花が侮辱され汚名を着せられているの。だからどんな手を使ってでも犯人を見つけ出し、謝罪させた後に断罪するわ。それが花園の主たるわたしの責務よ。皇后の地位とか、そんなのはどうでもいいの」

「山荷葉は？」

「それはもらうに決まっているじゃないの」

有無を言わせず即答すると、榮舜はやはり小さく笑う。

「笑ってる場合じゃないのよ、おまえは。自分の妃に手をかけられたのよ？　もっと本気で真面目に怒るべきだわ。一国の主として責任を果たすのよ。それができないのなら、皇帝なんてやめなさい」

「退位せよと？」

「それくらいの覚悟を持ってことに当たりなさいということよ。人の上に立つということは、それだけ大きな責任を負うのよ。そこから逃げ出してなにが皇帝よ。笑っちゃうわ」

「まるで、皇帝の経験があるかのようだね」

「……あるわけないじゃないの」

一瞬だけ間を置いて答えると、榮舜は『ふむ』と目を細めた。

「強い姫君は好きだよ。ますますきみが欲しいな。だがきみは、皇后の位にはあまり興味がないときた。さて……なにを餌に釣り上げればいいのやら」

「わたしを魚に例えるなんて、やはり無能だわね」

「ではきみに、花の朗報を一つ」

榮舜が声を潜めて手招きをする。隣に座るように促されたので、訝しみながら座ってやる。

「ここへ一緒に来た従者を使いに出した。その者は山師の家系でね、山荷葉を知っていたよ。咲いている場所もおおよそ把握しているらしい。昊に到着次第、すぐに用意して曉へ持ってこられるそうだ。よかったね」

「まあ、でかしたわ！　初めておまえを見直したわよ！」

途端に上気した顔を輝かせる。すると次の瞬間、笑舜が顔を寄せて頬に口付けた。

「…………」

なにをされたのかわからず、ぽかんと口を開けてしまう。それを見て、笑舜はくすくすと笑うのだ。

「婚約者なのだから、これくらい許されるのでは？」

「まあ……そうね。山荷葉に免じて大目に見てやるわ」

ふんと鼻を鳴らして立ち上がる。話はこれで終わりだ。直後、笑舜が後ろを振り返り、きょろきょろと辺りを見回す。

「どうしたの？」

「なにか視線を感じたような……気のせいかな」

「おまえも気をつけるのよ。誰かに毒を盛られないようにね」

「肝に銘じておくよ」

璃珠は四阿を後にする。歩きながら頬を指でなぞって、ぼそりと呟いた。

「……やはり蚯蚓の感触だわね。いえ、蛞蝓《なめくじ》かしら」

蛞蝓は嫌いだ。花を食べる虫だから。百害あって一利なしである。

塩でも撒《ま》いておこうかと思いながら、庭園を横切ろうとした。そのときふと、視界の端に緑が映ったのである。璃珠はその植物をまじまじと見つめた。花はなく、長い鞘《さや》状の葉をしていた。一目でわかる。

「……鈴蘭だわ」

璃珠は眉間に皺を寄せた。ここに鈴蘭を植えた覚えはない。自分の許可もなく、誰かが勝手に植えたのだろうか。だが本来なら晩秋は地上部が枯れるはずである。

「おまえは誰？　どこから来たの？」

返答はなかった。花がなければ意思の疎通はできない。それでも気配くらいは感じるものだが、それがないのだ。

「百花の魔女に返事をしないなんて……」

由々《ゆゆ》しき事態である。その心当たりがなくもないのだ。

璃珠は九垓を捜そうと、庭園を駆け出した。

＊　＊　＊

九垓は射貫《いぬ》くような視線をようやく外した。璃珠が走り出し、視界から消えたからだ。

あろうことか、あの男は愛しい魔女に口づけをした。九垓の金の目が、仄暗《ほのぐら》い光を灯《とも》す。

仕事に行けと璃珠に命じられたが、そうしなかった。麗鈴の部屋から離れようとしたとき、榮舜とすれ違ったからだ。特に言葉は交わさなかった。言ったところで響きはしないだろうし、援助してもらった恩もある。璃珠を待とうとしているのは察せられたが、それを阻止する権利はないと思った。事件の情報は得るべきだし、魔女の行動を制限することはしたくない。彼女には常に自由に気高く咲いて欲しかったからだ。

「……やはり力尽くでも止めるべきだったか」

しかし遠目からでも様子は把握しておきたかった。なにかあればすぐに駆け付けられるように、四阿が見える位置にいた。その結果がこれだった。

榮舜の言動に籠絡されるような魔女ではない。だが何事にも絶対はないのだ。万が一ということもある。あの魔女にとって万が一とは、稀少な花を目の前にちらつかされたときだ。現に今、璃珠はあの男を殴り飛ばしたりしなかった。恐らく山荷葉でも持ち出されたか。そうなると主導権を握るのは榮舜だ。それが許せなかった。

麗鈴が逗留している離宮を離れようとしたとき、目の前を一匹の虫が飛んでいった。黄色と黒の小さな羽虫。

「蜜蜂か」

璃珠が手ずから植えた秋桜《こすもす》を目指しているらしい。蜜蜂と魔女には敬意を持って接する。華陀から厳命されているのだ、無下にするつもりはない。だが九垓は顔を険しくさせた。蜜蜂を追うように、大きな虫が視界の端を横切ったからだ。体長が優に一寸（三センチ）を超える、橙《だいだい》と黒の大きな蜂である。

大雀蜂だ。薄気味悪い低い羽音に、一瞬だけ身体が強張る。

そのまま大雀蜂を見送ると、この大きな捕食者は蜜蜂を捕らえた。肉食なのだと、華陀に聞いたことがある。幼虫に与える為に持ち帰るのだと。

まるで魔女を連れ去ろうとする、あの輩のようだと思った。

次の瞬間、九垓の大きな手が大雀蜂を叩き落とし、即座に踏み潰していた。

「悪い虫が……！」

そう、魔女を守らなければいけないのだ。どんな手を使ってでも。ようやく手に入れた安寧を手放してなるものか。

望むのであれば、どんな稀少な花も手に入れてみせよう。力尽くでもだ。昊や柴舜に不義理をしても構わない。

「俺の魔女に集《たか》る虫は一匹たりとも許さない」

ずきずきとこめかみが痛む。どす黒い感情が蓋を開けて流れ出しそうだった。

そのときだった。背中に日溜まりのような温かい声が響く。

「九垓！　こんなところにいたのね。すぐに捕まってよかったわ。聞いてちょうだい」

振り返ると、璃珠が息を弾ませて走ってきたのだ。

「華陀さ――」

「それを口にするなと言っているでしょう！」

慌てて璃珠が手を伸ばし、九垓の口を塞ぐ。花を育む柔らかくて愛しい手だった。堪《たま》らなくなって一も二もなく抱き締める。

「九垓⁉」

璃珠は腕の中で目を丸くしていたが、その手で九垓の頬をひたひたと撫でてくる。

「どうしたの、おまえ。やはり顔色が良くないわよ。寒いからかしらね……とりあえず一度部屋に戻るわよ。ここでは話せないわ」

子供のようにしがみついてくる手を無理矢理引いて、璃珠はどんどん歩き出す。主殿にある九垓の私室に行くよりも、後宮にある璃珠の殿舎へ行く方が近いのだ。

璃珠は主歌に部屋を暖めるように指示をして、長椅子に座れと促した。そして珍しく厨《くりや》であれこれと動き、白磁の茶杯を出してくる。

「おまえ、働き詰めであまり寝てないそうじゃないの。駄目よ、そういうの。睡眠不足は万事の敵なのだからね。これを飲みなさい」

出されたのは檸檬《れもん》の輪切りを蜂蜜に漬けたものだ。それを湯で溶いて飲む。九垓にとっては懐かしい味だった。芳の朱明宮にいた頃、風邪をひいて寝込んでいた九垓に、不器用な手つきで出してくれたのだ。

自分は特別に思われている。それを確かめてやっと、凝り固まった黒くてどろどろとした感情が溶けていく気がした。

ふっと目元を緩ませて口に運ぶと、蜂蜜の甘さが染み渡る。目を細めて檸檬を頬張っている姿にほっとしたのか、璃珠は小さく破顔した。

「風邪でもひいたのかしらね。具合が悪いと心細くなったりするものよ。おまえは今、人肌が恋しいだけなのだわ」

「……そうですね」

「そうなのよ。わたしはおまえのことなら、なんでもわかっているの。まだまだ子供なのだわ、おまえは。いえ、今はとにかく聞いてちょうだい」

檸檬茶を持ってこさせた圭歌を部屋から追い出すと、璃珠は後ろ手に扉を閉めた。

「わたし以外の魔女がいるわよ」

「……どういうことですか」

さすがに手を止めて、璃珠を見つめる。

「言った通りよ。わたしが百花の魔女なら、もう一人はさしずめ『鈴蘭の魔女』というところかしらね」

「鈴蘭？」

「あの離宮にわたしが植えていない鈴蘭があったのよ。花は咲いていないけれど、わたしの言葉を無視するの。そういう花はね、他の魔女が契約している花なのよ。わたしの力が及ばない鈴蘭と契約した人間が、宮中にいるということなの」

「そもそも魔女とは、どういう存在なのですか？」

「そうね……どう説明したものかしら。とにかく花と契約した人間を、魔女と呼ぶのよ。おまえの母親は赤薔薇と契約していたから、呼ぶならば『赤薔薇の魔女』ね。そして今回は鈴蘭よ。普通の魔女は一つの花としか契約できないと聞くわ。わたしたちは『一花《いちか》の魔女』と呼ぶけど……だから百花の魔女は特別なのよ」

「百の花と契約している、ということですか」

「数えたことはないけれど、おおよそね。そして魔女と花によって、その能力は千差万別。おまえの母親の蓉蘭《ようらん》の赤薔薇は、他人を傀儡《かいらい》にする種を持っていたわね。わたしの力は花の記憶を見ることができるのと、生長の速度を速めること」

「では、その鈴蘭はなにができるかというのは……」

「わからないわ。誰がなんの為に、あの離宮に植えたのかがわからないのよ」

言って璃珠は、九垓の隣に腰を下ろす。

「無理に聞き出すことはできないのですか。赤薔薇のときのように」

「できるわよ。百花の魔女なら、他の魔女の花を奪い取ることも可能だわ。でもそれをするとね、魂が削れるのよ」

ひやりと九垓の背筋が寒くなった。

「魂を削るとは……」

「簡単に言えば、寿命が縮まるの。やむを得ない場合は奪うことも辞さないけれど、積極的にはしたくないわね。それはもはや最後の手段だもの」

思わず杯を置いて、璃珠の手を握る。

「では、僕の母のとき……あなたは寿命を削ったのですか？」

「そうなるわ。だって仕方ないじゃない。他に方法がなかったんだもの。縮んだといっても、どれくらいかは知らないわ。一日か一年か十年か……どうなのかしらね」

「金輪際やらないでください！」

「状況次第だと言っているでしょう」

強く握った手をぺしりと叩き、璃珠はこちらに指を突き付ける。

「とにかく魔女はいるのよ。時期を考えるなら、昊から来た誰かだと思うわ」

「では麗鈴か皐夕？」

「榮舜の可能性もあるわ」

「男ですよ？」

「魔女とは呼ぶけど、男の可能性もあるのよ。魔女の因子は血統よ。親が魔女であれば子に引き継がれるわ。九割九分は女に発露するけど、過去には男の魔女もいたらしいのよ」

「……男の魔女」

なにか矛盾しているような気がするが、そういうものなのか。

「気になるのは鈴蘭ということだわ。覚えているかしら？　鈴蘭には毒があるのよ」

「はい。鈴蘭の世話をした後は、必ず手を洗うようにと仰せでしたから」

「鈴蘭に精通しているなら、毒の抽出も可能かしらね。生けた水を飲んでも、人が死ぬくらいだわ。毒殺なんてわけないのよ。魔女が犯人である可能性が高いわ」

「その鈴蘭、抜いてしまっては？」

「馬鹿言ってるんじゃないわよ！　花の咲く植物を抜くなんて、余程の理由がない限りやらないわ！」

不興を買ってしまった。毒を盛られたことは、余程の理由ではないのだろうか。沈痛な表情で頭を押さえていると、璃珠は鼻息も荒く口を開く。

「とにかく聞きなさい。さっき麗鈴と榮舜から聞いた話よ」

一方的に捲し立てられる。かなり主観が入っている気もしたが、おおかたのところは理解した。

「過去にも貴妃が毒殺ですか。なんともきな臭い国ですね」

「そのときの茶会に出ていたのは、あの面々よ」

「では今回も、皇后になろうかというあなたを殺そうとした、ということでしょうか」

「順当に考えるならそうよね」

「全員叩き切りましょう」

即座に言い放つと、璃珠は嫌そうに顔を顰める。

「野蛮なことを言わないでちょうだい。わたしの花を貶《おとし》めた人間をぎたぎたにするのに吝《やぶさ》かではないけど、それ以外を咎《とが》める気はないわよ。わたしは優しいからね」

そう言って長椅子から立ち上がる。

「今のところ、一番怪しいのは皐夕だわ。だからちょっと行って、話を聞いてくるの。風邪っぴきのおまえは大人しくしていなさい」

「僕も行きますよ。あなた一人では危ないです」

魔女に悪さをする虫は排除しなければいけない。反射的に答えると、璃珠は無邪気に微笑んで手を出した。

「……仕方ない子だわ。風邪が悪化しても知らないわよ」

差し出された白くて細い手をしっかりと取る。少年時代と同じく、この手が自分に向けられている間は大丈夫だ。自分は魔女の愛し子で特別なのだから。

でもどこか、空虚な響きのする言葉だった。

＊　＊　＊

皐夕の逗留している離宮へ向かうと、そこは惨状だった。

少しでも緑が広がるようにと璃珠が丹精込めて育てた草花を、皐夕が片っ端から毟《むし》り取っていたのである。

九垓が目を見開いて振り返るよりも早く、璃珠は顔を真っ赤にして駆け出していた。

「おまえ、なんてことするの！」

乾いた音と共に皐夕の頬を平手打ちにすると、もう一発とばかりに璃珠は手を振り上げた。さすがに九垓は止めに入る。皐夕を案じたのではなく、璃珠が心配だったのだ。相手は自分に剣の手合わせを申し込んでくるほど、腕に覚えのある人間である。魔女が返り討ちに遭うのが怖かったのだ。

「璃珠、やめるんだ」

冷静に背中から抱き留めて、皐夕から距離をとる。

「放しなさい、九垓！　昊の妃だか知らないけどね、花を毟るような人間は碌《ろく》なものじゃないのよ！　どきなさい！　今すぐわたしが成敗してやるんだから！」

「お願いだから、落ち着いてください……お願いだから」

激昂《げきこう》する獣を宥《なだ》めるように抱き締めながら、九垓が視線を巡らせる。

見るとおろおろと狼狽したままの昊の侍女が数人、遠巻きにこちらを見ていた。

「おまえたちは止めなかったのか」

「申し訳ございません！　おやめくださいと申し上げたのですが……皐夕様は昊の後宮でも花を厭《いと》っておいでで……！」

「……もういい。下がれ」

九垓は手を払って侍女を下がらせる。怒りで我を失いそうな璃珠を抱き留めたまま皐夕に目を向けると、彼女は自嘲気味に笑った。

「花は嫌いなんです。どうにも目障りでいけない。花茶なんて、とても飲めたものではなかったですよ」

「なんですって⁉」

「あの女は死ななかったようで……実に残念ですね」

そう言い放って、千切った花を投げ捨てた。もはや璃珠は言葉を失っていた。しかし璃珠が熱くなるほど、九垓の感情は冷え冷えと落ち着いてくる。

「まるで、麗鈴が死ねばよかったとでも言いたいようだな」

「そうであって欲しかったですよ。なかなか思い通りにはいかないものです」

「なら花茶に毒を仕込んだのは、あなたか？」

「いいえ、璃珠様に毒を盛ったのは私ではありません。あの女がやったことです」

「証拠があるのか？」

「全て私の憶測です」

皐夕は淡々と言葉を返してくる。剣舞を披露した華やかな彼女は、一体どこへ行ってしまったのか。近づく者を全て切り捨てる、まるで抜き身の剣のようだと思った。

油断なく目を光らせながら、九垓も感情のない声で告げる。

「あなたの姉も毒殺されたとか。それはあなたではなく麗鈴の仕業だと？」

「榮舜様がしゃべったのでしょうか？　姉の件は……まあそうでしょうね。他にやりそうな人間がいないですから。あの女はなんとしても皇后になりたいようです。その為なら手段を選ばないのですよ」

皐夕は悠然と璃珠を見下ろすと、わざとらしくにこりと笑う。

「どうかお気を付けください、璃珠様。あの女はまたやりますよ」

「そんな言葉を信じると思うの!?　どうあっても皇后になりたいのはおまえの方よ！　わたしを心配するふりをして、おまえが毒を盛ったのだわ！　わたしと麗鈴が死ねばおまえが皇后だもの！　どちらが死んでも、利を得るのはおまえなのよ！」

「ああ……そういえばそうですね。では重ね重ねお気を付けくださいませ。私が無差別に毒を盛る前に、どうか昊へ来ていただき皇后におなりください。なんでしたら私が九垓様に嫁いでも構いませんよ。むしろ、その方がよいかもしれません。華やかさしか取り柄のない榮舜様と、花にしか興味のない璃珠様は、さぞお似合いでしょうから」

心にもないことを言うと、花の残骸を踏み越して殿舎へ歩いていってしまう。話にならない。敵意が剝き出しなのだ。九垓は暴れる璃珠を抱き上げると、足早に離宮を後にする。

今にも皐夕に飛びかかっていきそうな璃珠を押しとどめて、なんとか私室へ戻る。人払いを済ませてからようやく璃珠を下ろすと、彼女の顔は真っ赤を通り越して青白くなっていた。

「大丈夫ですか、華陀様」

「……大丈夫よ」

低く呟く声が微《かす》かに震えていた。怒りと屈辱のあまり、握り込んだ手も震えている。その手を両手で包み込んで、九垓は殊更にゆっくりと言葉を紡ぐ。

「どうにも様子がおかしかったですね。まるで八つ当たりでもするようだった」

「そんな理由で花を千切られて堪るもんですか。あの女をすぐに八つ裂きにしなさい！」

「それは野蛮だと、さっきあなたが仰ったじゃないですか。皐夕が魔女である可能性はあるのですか？」

「あんな風に花を粗末にするなんて、魔女のはずがないわ！」

「では、麗鈴か栄舜が魔女？　毒を盛ったのはこの二人のどちらかか……」

「毒は皐夕が盛ったのよ。わたしか麗鈴を殺したかったのだわ！　皇后という地位と名声が欲しいのよ！」

「……そうでしょうか」

ぼそりと呟く。地味すぎると思うほど、彼女は自分を装飾品で飾り立てることをしなかった。毒を含む言葉も素っ気なくて、愛想もない。本当に皇后になりたいのかと疑うくらいには、妃という立場に執着していないように見えた。璃珠や麗鈴や……ましてや姉まで毒殺してまで皇后になるつもりがあるのだろうか。

先程の言葉も、本音かどうかかなり怪しい。

しばし沈黙していると、璃珠が冷ややかな目を向けてくる。

「おまえは皐夕の味方なのかしら」

「何故そうなるんですか。とても話ができる状態ではなかったでしょう。あれは何者も拒絶している顔です。真実を話すつもりがないんですよ。追及したところで時間の無駄です」

九垓はそういう人間を見たことがある。将軍時代に遠征先で捕らえた捕虜たちの顔にそっくりだった。自分の信じる主の為に決して口を割らなかった、愛国心に溢れた目によく似ている。容易《たやす》く折ることのできない、確固たる強い信念があるのだ。

「少なくとも彼女は、我々を敵だと思っているんです。いや、我々だけではなく麗鈴も、もしかしたら榮舜も味方だと思っていないかもしれません」

　言ってみて、僅かに既視感を覚えた。誰をも寄せ付けず、猜疑心《さいぎしん》に満ちた百花の魔女の姿だ。かつての華陀を思い出し、目の前の璃珠を見る。同じ目をしていた。

「華陀様、少し冷静になって考えましょう。花を悼む気持ちはわかりますが、目的を見失ってはいけません。誰がなんの為にあなたに毒を盛ったのか、誰があなたの花に汚名を着せたのか。それのみを追及しましょう。それ以外は捨て置くのがいいかと」

「おまえは皐夕の罪を捨て置けと言うのね。やはりあの女の肩を持つのかしら」

　璃珠の声には棘があった。初めて会ったときと同じ、何者をも信用しない声色だ。

「華陀様……」

「剣を扱う者同士、わたしよりも皐夕との方が話が合うのかもしれないわね。もういいわ。わたしはわたしで勝手にやるの。いちいちおまえに相談したりしないわ」

『だから男は信用ならないのよ』と小さく付け加えた後、こちらを一瞥《いちべつ》もせずに部屋から出ていってしまう。

　追うことはしなかった。魔女は頑固で意固地だ。聡明でもあるが、花に関わることになるとどこか短慮になる。追ったところで火に油を注ぐだけだと知っているのだ。

しかし危なっかしい。魔女の行動を妨げず、どこまで手を出そうか。

「どちらが親かわからないな……」

大きく息を吐いてから、璃珠が消えた扉を見やる。

魔女が魔女らしくある為なら、努力も支援も惜しまない。どんなことをしようとも、誰にどう思われようとも。愛しい魔女が美しく咲いてくれるなら、どれだけ自分が汚れようと構わない。土となり泥となり、彼女の糧になるならそれでいい。

九垓は静かに、金の目を光らせた。

第三章　鈴蘭

一夜明けても、璃珠《りじゅ》は憤慨していた。むかっ腹を抱えて荒々しく寝台から飛び起き、圭歌《けいか》も待たずに部屋を出る。

しかし腹は立っても腹は減るのだ。大きな足音を立てて厨に向かうと、そこには怒髪天を衝く、鬼神のような形相の圭歌がいた。こちらに気付いて、ぎろりと目を向けてくる。

「璃珠様！　おはようございます！　今！　すぐに！　朝餉《あさげ》をご用意いたしますので！」

激怒している人間を前にすると、自分の怒りは急速に冷めるものだ。

「……どうしたの圭歌？　なにがあったの？」

恐る恐る尋ねると、圭歌は『きえー！』と奇声を上げる。

「聞いてください、璃珠様！　私は先程、朝餉の食材を取りに行ったのですが！　なんとそこに、昊《こう》の皇帝がいたのですよ！　まるで仕事で出歩く宮女を待ち構えているかのように！　当然のように私も捕捉されました！　そうです、口説かれたんです！　なんとい璃珠様を皇后にしたいとかぬかしたその口で、璃珠様の侍女である私を！

うことでしょう！　軽薄が服を着て歩いているかのようです！　ろくでなしです！　私はあの人が嫌いです！　顔がいいからって調子に乗ってるんですよ！」

珍しく早口で捲し立てながら、煮立った鍋をぐるぐるとかき回す。

「あの男は本当にすごいわね。愛が底なしに湧いてくるのかしら。一周回って尊敬するわよ。しかしおまえはなかなか良識があるというか、純粋なのね。でも皇帝なんて、きっとどこもそんなものだわ」

「そうかもしれませんが、そうであって欲しくないというか！　皇族のお世継ぎ問題も理解できますが、私は一人の妻を一途に愛してくれる夫がいいと思います！　うちの陛下みたいに！」

「……九垓《くがい》みたいに？」

「そうです！　ちょっと粘着質で被虐的で、病的なくらい執着する陛下ですけど、もうそれでいいです！　璃珠様をちゃんと大事にしてくれるのなら、もうそれでいいです！　御子様を何十人とこさえてくれたら、もうそれでいいです！」

国の主に対して随分な言いようであるが、言いたいことは理解した。

「つまりおまえは、わたしに昊へ行って欲しくないのね」

「はい！　どうか陛下と末永く驍《きょう》でお過ごしいただき、国中を花でモサモサにしていただきたいと思っております！」

言って彼女は、陶器の皿に粥をたんまりと盛った。あふれ出しそうな粥と梨の載った皿を運ぶと、卓に次々と置いていく。顔も洗ってないが、仕方なく椅子に座り匙《さじ》を取る。少し考えて、むくれた顔の圭歌を匙で指した。

「わたしはおまえに好かれるようなことを、なにかしたかしら」

「璃珠様は私に美味しい食べ物をくれます」

「それ、毒味の食事のことじゃないの？　わかっているのかしら。毒を盛られるかもしれないのよ？　下手をしたら死ぬのよ？」

「美味しいものを食べられて死ぬなら本望です」

そう言えばこの侍女は、食い意地が張っている。璃珠が来る前は随分とひもじい思いをしていたとか。だから食べ物に対する執着が人一倍なのだ。

魔女は飢えたことがない。かつての芳《ほう》は飽食の国だったし、それを成さしめていたのは当の華陀《かだ》であり璃珠だ。

その辛《つら》さに共感できないからこそ、ほいほいと軽率に自分の食事を分け与えたりもするのだが。それが結果的に餌付けになっていたようである。

「なので、昨日の件は非常に申し訳なく思っておりまして……すみませんでした！　璃珠様が大丈夫だと仰ったので油断していました！　花茶は全て、無理矢理にでも私が毒味するべきでした！　私が全てのお茶を飲み干すべきでしたー！」

「大丈夫だとわたしが言ったのよ。おまえはそれに従っただけだわ」

「いいえ、私は決めました！　二度と璃珠様に危険がないよう、今後はもっともっと厳重に注意していくと決めました！　しかし許すまじ！　璃珠様に毒を盛ろうなどという不届き者を断固許すまじ！」

拳を上げて叫ぶので、黙らせる為にその口に梨を放り込む。

「そうね……許すまじよ。私の花を使って毒殺を企てるなんて許すものですか」

匙で粥を掬《すく》いながら、璃珠は呟く。長時間煮込んでしまったのか、米が完全に煮崩れているので、粥はほとんど糊《のり》状だった。しかしそんなことは些事《さじ》である。

「問題は誰がやったのかだわ。動機はこの際置いておくとして……私が一番怪しいと思っているのは皐夕《こうゆう》よ」

昨日の惨状を思い出す。花を目障りだと宣った人間は初めてだった。

「主歌、皐夕の離宮の様子はどうなっているの？」

「ああ……聞き及んでおりますよ。離宮にご案内して早々、目に見える花を全て摘み取れと指示を出したとか。といっても他国の離宮を弄《いじ》るなんて普通しませんからね。昊の侍女が躊躇していたら、『花は気持ち悪い』とご自分の手で摘み取ってしまわれたとか」

「……なんてことを」

「その噂は私どもにもすぐに伝わって、皐夕様の評判はガタ落ちです。恐ろしくて誰も近づきたくないと、曉の宮女は言っていますね」

「麗鈴《れいりん》は？」

「足を悪くしておいでということで、お世話は主に昊の侍女たちで済んでいるようです。当然ながらお姿を見ることはほとんどありません。お付きの侍女が食材を求めて来るくらいですね。ご容態も大分落ち着いていらっしゃるとか。お医者様が仰っていました」

「……榮舜《えいしゅん》は？」

途端に『きえー！』と雄叫《おたけ》びを上げる。

「宮女の評判は完全に二分しております。『昊の皇帝かっこいい！　顔がいい！　女慣れしていて素敵！』派と『女と見れば片っ端から声かけてんじゃないわよ！』派です。私はもちろん後者です。私は断言します。あの人は本当に顔だけの人です！　うちの面倒くさい陛下の方が、なんぼかマシです！」

散々な言い草であるが、とりあえず宮女の言葉を信じよう。やはり男は皆そうなのだ。父のように大層なことを言っておきながら、実がない。九垓もそうだろうか。

皐夕は……顔を見ればきっと冷静に話はできまい。榮舜は顔だけだとして、残るは麗鈴か。魔女は不敵に目を細める。

「じゃ、麗鈴の顔を見に行こうかしらね。ちゃんとお見舞いを持って、じっくり話をしようじゃないの」

＊　＊　＊

麗鈴の離宮は今日も静謐《せいひつ》に包まれていた。

しかし気になるのは、やはりあの鈴蘭だ。離宮に出入りする人間を見守るように、たった一株だけある。青々とした葉が茂り、今にも蕾《つぼみ》を付けそうだ。

鉢植えを抱えた圭歌を伴いやってくると、璃珠は思わず足を止めた。

「おまえは本当に、どこから来たのかしらね」

問いかけてみるも返事はない。他人の花を奪うことは、あまり良いとは思わない。花の本意ではないからだ。では、どうしても欲しくなったらどうするか。

説得するのである。

「わたしのところへ来なさいな。悪いようにはしないから。明るくて風通しのいい日陰に植えてあげるわ。毎日水をあげて決して切らさないし、良い肥料をあげる。私の花になるといいのだわ」

反応はない。

「やはり花が咲いていないから駄目かしらね。わたしの言葉が届かないのよ」

花に語りかけると、いつも圭歌は不思議そうに眺めてくる。その観客が今日は一人、増えるようだ。

物音がして殿舎を見やると、昊の侍女が椅子を持って現れた。そして三人の侍女に抱えられて、麗鈴が現れたのである。

庭園の日の当たる場所に置かれた椅子に座ってから、麗鈴はこちらに気付いてふわりと微笑んだ。圭歌を呼んで、璃珠はそちらへ向かう。

「話し声が聞こえたような気がしましたら、璃珠様でしたのね」

「具合はどう？　外の空気を吸いたくなるくらいには回復したのかしらね」

「はい。すっかり良い調子ですわ。璃珠様は侍女とどんなお話をしていたのかしら」

「侍女じゃなくて花と話していたのよ」

「花？」

きょとんと目を丸くして、璃珠の視線の先を見つめる。そこには青く茂る鈴蘭の葉があるだけで、花はないのだ。

「まあ。璃珠様はやっぱり不思議なお方ですわね。そういえばこの葉、見覚えがあります。昊の後宮にもあるのですよ。白い小さな花が咲くのでしょう？」

「そうよ。これは鈴蘭だわ。昊で咲いていてもおかしくはないけれどね。よく目にするのかしら」

「わたくしの殿舎の周りと庭園と……他にもあちこち」

『そうよね』と侍女に問うと、彼女たちは一様に頷いた。

「まるでわたくしたちを見守ってくれているかのように、可憐《かれん》な花を咲かせてくれるのですわ」

「そう、ちゃんと花が愛でられているならよかったわ。あとこれ、わたしからのお見舞いよ。受け取ってちょうだい」

圭歌に目配せをして、抱えていた鉢植えを地面に下ろさせる。

「葉の形が蛙《かえる》の足に似ていて可愛いでしょう？　最も花弁が多いと言われる花よ。わたし、数えたことがあるの。品種にもよるけれど、大体二百枚以上の花弁があるわよ」

「まあ、大きな橙色の花。なんというお花ですの？」

「花金鳳花《はなきんぽうげ》よ。季節外れに咲いていた花があったのを思い出したわ。せっかくだから、おまえの目を楽しませようと思って持ってきたのよ」

嘘である。九垓に取り寄せてもらった球根があったのだ。それを先程植えて、魔女の力で花を咲かせた。

「寝室にでも飾っておきなさいな。生花の香りは身体にいいわ」

もっともらしく言うと、麗鈴は額面通りに受け取ったのか、可憐な笑顔で小さく頭を下げた。

「お気遣いありがとうございます。これが花金鳳花……わたくしのお守りのお花なのですね」

「お礼代わりにおまえの話が聞きたいわ。そうね……昊の話がいいわね」

「そうですね……小さないがらもとても穏やかな国ですわ。身分の差がそれほど厳しくなく、皆伸び伸びと暮らしております。わたくしものんびりとしていて、よく父や母に笑われましたわ。年子の妹に、いつの間にかお菓子を独り占めされてしまったりとか」

「おまえは昊の出身なのね」

「はい。父も母も……わたくしの家は古くから続く家でして、ずっと昊に住んでおります」

「なら知っているかしら。昊に魔女はいるの？」

「魔女……」

そう繰り返してから、麗鈴は不思議そうな目で見上げてくる。

「芳の……百花の魔女のこと、でしょうか？」

「いいえ。あれはとても特別で稀な存在よ。でも各国にあるでしょう？　そういう逸話や伝承が。昊ではどういう風に伝わっているかと知りたかったのだわ。わたしは芳の出身だから、気になるのよ」

「芳では魔女は特別ですか？」

「そうよ。魔女だけが女帝になる資格があるの」

言うと麗鈴は小さく『特別……』と呟いた。

「……これは母から聞いた話なのですけれど……」

「聞きたいわ」

「昊でも魔女は特別で……滅多にいないのだと」

「そうでしょうね」

「昔はたくさんいたそうです。でも特別なので……それを厄介に思う者たちが追いやって迫害して、そうして数が減ったそうですわ」

そういう話は聞いたことがある。確か華陀の母も言っていた。だから芳の外には出てはいけないと。追われて狩られてしまうから。

「ふぅん。どこも一緒よね。これだから凡庸な人間は駄目なのよ。すぐに特別な人間に嫉妬して羨んで妬んで、滅ぼしてしまうのだわ」

「だから……秘密にしなければいけないのですわ」

「そうよ。大っぴらにしているのは芳くらいのものよ。今じゃもう、魔女はいないけれどね」

「だから……秘密にしていただけますか？」

「今の話のことかしら？」

麗鈴は殊更に声を潜めて、璃珠にだけ聞こえるように囁いた。

「いいえ……わたくしが……魔女だということを」

＊　＊　＊

璃珠は無言で歩いていた。そして今の会話を頭の中で反芻《はんすう》する。

魔女は麗鈴だった。しかしそれ以上の情報はない。秘密だから、言えば殺されてしまうと彼女は口を開こうとしなかったのだ。疑念が残る。

彼女が怯《おび》えて隠れなければならない理由があるのだろうが。

「……麗鈴が鈴蘭の魔女」

であれば、魔女が犯人のわけがない。恐らく皐夕が、なんらかの毒を用いたのだ。

皇后になりたいが為に。

「璃珠様！　この先は……」

後ろからついてきていた圭歌が声をかけてきて、ようやく視線を上げる。

「皐夕の離宮ね。丁度いいわ。とことん追及してやろうじゃないの」

鼻息も荒く殿舎を訪ねたが、随分と静かだった。先に声をかけた圭歌によると、皐夕はどこかへ出掛けてしまったらしい。

「まあ……余所の国の後宮を勝手に出歩くなんて、どこまでも図々《ずうずう》しいわ」

「仰いましたね？　璃珠様も余所の国へ招かれたら勝手に出歩かないでくださいよ？　今、ご自分で言いましたからね？」

「それはそれよ。わたしが行きたいところへ行って、何故いけないの？」

納得できないと眉根を寄せて、辺りを見回す。

やはり惨状だ。花という花が全て千切られている。できれば今すぐに皐夕を追い出して、しっかりと手入れしてやりたい。いっそしてしまおうか。

ぐっと両手を握ったときだった。庭園を一望できる四阿に、一輪だけ秋桜が咲いていたのだ。

「……不自然だわ」

たまたま一輪だけ千切り忘れたのだろうか。それにしては目立つ場所にある。思わず駆け寄って膝をついた。

「誰かがここに植えたのだわ。それも最近……今朝かしら」

株を植えた痕跡があるのだ。しかも丁寧に手際よく。こんなことができるのは、自分か九垓くらいだ。

「九垓が今朝、ここに植えた……」

すぐに思い当たって、圭歌に指示を出す。一刻も早くここから掘り出し、自室に運ばねばならない。

圭歌は走った。すぐに鋤《すき》と植木鉢を持ってやってくる。璃珠は速やかに植え替えて、足早に自分の殿舎に戻ると、功労者である圭歌を部屋から追い出した。

圭歌は珍妙な動物を見るような目をしていたが、そんなのはいつものことである。

「一輪だけ残っているなんてあり得ないわ。九垓が意図的にあの場所に植えたのよ。なにかわたしに……見せたかったのだわ」

花の見た景色を見られることを知っているのは、九垓だけだ。璃珠は確信を持って、秋桜に手をかざす。脳裏にぼんやりと、離宮の庭園が映し出された。

＊　＊　＊

「お話とはなんでございましょう」

呼び出されたらしい皐夕が、訝しげな表情で立っている。呼び出したのは九垓だ。二振りの剣を持って、涼やかな笑みを浮かべていた。

「約束をしただろう。剣の手合わせをすると」

そう言って細身の剣を差し出した。皐夕は困惑したのだろう。昨日、あれだけの狼《ろう》藉《ぜき》を働いたのに、翌朝になってこうも平然と現れるとは、と。

差し出された剣を取ろうか、迷っているようだった。

「俺から一本取れたら、例の祇《ギ》族の剣をあなたに贈ろう。手に入る目処《めど》がついたんだ」

「……本当ですか？」

「もちろん」

即答した九垓をじっと見つめてから、決心したらしい。皐夕は剣を受け取った。襦裙《じゅくん》であれだけ舞えるのだから、着替える必要はないということだろう。皐夕は鞘から剣を抜いて、すかさず構えの体勢を取る。それを見て、九垓もゆっくりと剣を抜いた。

剣は真剣だ。刃を落としているわけでない。しかしあくまで手合わせ。相手の命を奪うことが目的ではない。だとすれば、どちらかが『参った』と言うまで終わらないのだろう。

先に動いたのは皐夕だった。鋭く剣を突く。蜂のような速さだった。

九垓はすんでのところで身体を捻《ひね》り、その切っ先を躱《かわ》す。その刹那『面白い』と言いたげに、金の目が笑ったような気がした。

皐夕の猛追は止まらなかった。素早く剣を操り、柔軟な身体を生かした体術も繰り出す。九垓は剣を受け止め、払う。庭園にはしばらく、剣の打ち合う金属音が響き渡った。

九垓もただ、受け身でいるわけではない。力で勝る体軀《たいく》を使い、重い斬撃を見舞った。皐夕はそれを、鮮やかに刀身で受け流す。

璃珠の目には互角に見えた。しかし何故か、皐夕の勢いに並々ならぬ思いを感じた。執念のような、意地のような。決して負けてなるものかという、何かを背負っているような思いを。

決着は僅かな差だった。

皐夕の剣を避けようと、九垓が一歩退こうとした。だがその先に、これから咲くであろう秋桜があったのだ。九垓は退けなかった。

代わりに、皐夕の剣をその身体に受けてしまったのだ。細身の剣の切っ先が、九垓の左肩を抉《えぐ》る。

暁の皇帝は必ず避けると踏んでいたのだろう、九垓の肩から流れる血を見た瞬間、皐夕は動揺して剣を取り落とした。

「これは……とんだ失礼を！　誰か！」

狼狽えた皐夕が叫んだ。遠巻きに見ていた侍女が、慌てて動き出す。

しかし九垓は笑っていた。とても楽しそうに。

「はは。これは見事だ。どうやら俺の負けらしい」

肩を押さえた九垓を、皐夕は慌てて四阿へ誘導する。長椅子に座らせると、『失礼します』と力強く宣言し、迅速に九垓の上着を脱がせた。べったりと貼り付いた鮮血に顔を青くし、侍女が持ってきた布で押さえて止血を試みる。

「申し訳ありません！　こんなつもりは……申し訳ありません！」

「気にしないでくれ。真剣なんだ。怪我をすることも当然ある。ああしかし……璃珠や榮舜には黙っておいてくれるか。いらぬ心配も配慮もされたくない」

目を細めた九垓に、皐夕は何度も頷いた。濡らした手巾で血を拭い取ろうと奮闘する皐夕を、どこか優しく見つめてから九垓はぽつりと零《こぼ》す。

「謝罪代わりに一つ、聞かせてもらえないか」

「なんでございましょう」

「どうして祇族の剣にこだわる？」

「…………」

皐夕は葛藤しているようだった。言おうか言うまいか……そして九垓の痛々しい傷跡を見て、口を開いた。

「約束したのです。姉と」

「姉……佳綾《かりょう》といったか。前の貴妃の」

「はい。私と姉は旅芸人でした。帰る家を持たない根無し草でしたが、母がとても優れた舞手で……姉は舞踏を、私は剣舞を教わっておりました。とある一座に招かれて、そこを拠点としていたのですが……ある日、驍から来た旅芸人の興行を見たのです」

「それが祇族だったと？」

「恐らく。素性を問うことはしませんでしたが、舞に用いた剣が素敵で。いつかあの剣を持って踊りたいと思っておりました。しかしそのような機会は訪れることもなく、お忍びで観劇をしていた榮舜様のお誘いで、私と姉は後宮に招かれることになったのです」

『ふむ』と頷いてから、九垓は苦笑した。

「榮舜のことだ。あなたと佳綾を一目見て、放っておけなくなったんだな」

「私などはただのおまけです。どうしてもと姉が言い張ったので供をしただけで……榮舜様の本命は姉でした。姉はとても純粋で、榮舜様の言葉を疑うことをしませんでしたが……まあそれはいいのです。幸せであるならそれで。でも姉は常々言っておりました」

取り落としたままの剣へと皐夕は視線を動かす。

「いつか、あの剣を持って舞って欲しいと。自分が皇后になった暁には、その権力で必ず手に入れようと……姉はいたずらっ子のように笑っていました。そして必ず踊ると、私は約束したのです。なにも疑わず、その日が来るのだと思っておりました」

「しかし、佳綾は毒殺された」

「はい……」

「その後、驍へ来ることになり……剣の情報を得たあなたは、どうしても欲しくなったんだ。姉との約束を果たしたいが為に」

「……我《わ》が儘《まま》を申しました」

「構わない。俺も一介の武人だ。一振りの剣にかける思いも理解できる。舞手であっても同じだろうな」

とても相手を慮《おもんぱか》る口調だ。それを聞いて、皐夕はおずおずと申し出る。

「……私にお怒りではないのですか？」

「花のことか？　それはそれだ。手合わせの約束と、花への狼藉は別の話だ。璃珠は大層怒っていたが、どうにかする。亡き姉との約束を守りたいあなたが、意味もなく草花を荒らしたとも思えない。剣を合わせてみて、わかったよ」

一呼吸置いてから、九垓は正面から皐夕を見つめた。

「あなたは復讐《ふくしゅう》がしたいんじゃないか？」

「………」

「あなたの剣を見て、そう思った。あなたは自分の手で姉の復讐を果たしたいんじゃないかと。約束された未来を壊した人間がどこかにいるんだ。そいつを放って、自分だけがのうのうと暮らしていいはずがない。復讐を糧に牙を研いで、いつでも嚙み付けるようにしたいのだと感じた。その練習相手がそこらの武官や榮舜じゃ役不足だと」

「私は……」

「俺もかつてそうだったから、気持ちはよくわかる」

「九垓様も復讐を？」

「俺は果たした。わだかまりがないわけじゃないが、一つの区切りを付けた」

晴れ晴れとした表情で語る姿を見て、皐夕は小さく息をついた。

「……後悔したことはないですか」

「ない。恩人を害した罪人に、なんの情けをかけようか」

「そう……ですね」

「復讐の一助を榮舜は担ってくれた。彼には恩がある。だからあなたとの手合わせに、なんの遠慮もしなかった。俺で満足できたのならいいのだが」

「もちろんです。ありがとうございました。さすがは元禁軍将軍……私が勝ったとは思っておりません。ただ運が少し味方をしただけのこと」

はじかれたように皐夕が揖礼《ゆうれい》をする。それを見て、九垓は目を細めて微笑んだ。

「あなたは本当に武人のような人だ。正々堂々としていて、好感が持てるよ。俺も正々堂々と約束は守る。祇族の剣をあなたに差し上げよう」

そして一拍置いてから、少し改まった顔でこんなことを言い出した。

「榮舜が言い出したことを蒸し返すのは癪だが……あなた、驍に来ないか？」

「は？」

「正妻は璃珠だが、側室でよければ後宮へいらっしゃらないか？」

突然の申し出に、皐夕は面食らっていた。魚のように口をぱくぱくとさせる目の前で、九垓は僅かに顔を顰める。

「璃珠の花にかける執念は凄《すさ》まじい。もしかしたら、本当に昊へ行ってしまうかもしれないと思っている。俺は彼女を愛している。愛しているが故に、璃珠の望みを妨げることはしたくない。もしそうなったら、あなたは皇后ということになるが……もしよろしければ、だ」

子供のように無邪気な顔で笑ってから、九垓はそっと首を傾げる。額にさらさらと白金の髪がこぼれ落ち、実に優美な色気を醸し出していた。

「一緒に驍の各部族の舞を眺めて、それを覚えるのも悪くない」

「…………」

「手当てをありがとう」

殊更に優しい口調でそう言うと、上着を着て九垓は立ち上がった。落ちた剣を拾い、丁寧に鞘に収める。そうやって二振りの剣を持って九垓は歩き出した。

呆然とする皐夕を背に、四阿を後にする。その直前にこちらを――秋桜を見て、人差し指を立ててそっと唇に押し当てたのだ。璃珠が見ているのをわかっていて、彼はそういう仕草をした。

実に甘やかな所作で、『一部始終の出来事は秘密だ』と言わんばかりに。

＊＊＊

「なんなの……？」

鉢に植え替えた秋桜を前に、璃珠は唖然と立ち尽くしていた。

「なんなのなんなの!? いろいろと、どういうことなの!?」

とにかく情報が多いのだ。頭の中が破裂しそうだった。まずはなにを優先して考えればいいのか、整理する必要がある。

「落ち着きなさい、わたし！ なによりもとにかく重視するのは……あの子の怪我！」

急いで部屋の中を掻《か》き回す。痛み止めと化膿《かのう》止めの薬草と薬湯、他にはなにが必要だろうか。取り急ぎ荷物をまとめて、圭歌を大声で呼んだ。ひとまとめにした荷物を彼女に持たせて、部屋を飛び出す。

しかし九垓がいるであろう執務室へ向かう道すがら、厄介な人物に出くわした。主殿の山水庭園でふらふらと宮女に声をかけている、榮舜である。

どうにか隠れてやり過ごそうと思ったが、この男は目敏かった。すぐにこちらの姿を見つけると、一直線に向かってくる。

「これはこれは璃珠。どうしたのかな？　九垓に会いに行くのかな？　それとも私を捜していたのかな？」

知らず、圭歌と同時に舌打ちをする。

「おまえはどこにでも現れるわね。いいからそこをどきなさい。わたしはあの子に用事があるのよ」

「急いでいるようだが、九垓は今、忙しいみたいだよ。私も茶を共にしていたが、早々に追い出されたのだからね」

「茶を？」

九垓は怪我をしているのだ。決して軽傷ではない。

「九垓の様子はどうだったのかしら？　普通だったの？」

「いつも通りだったよ。何故かな？」

不思議そうな顔をする榮舜を見上げてから、ちらと視線を執務室へ向ける。見た目ほど深い傷でもないのだろうか。そのことに、少しだけ落ち着きを取り戻す。

目の前の男に聞きたいことはあるのだ。後で押しかけてもいいが、この機会を生かそう。そう思い直して、榮舜に指を突き付けた。

「丁度いいわ。少し佳綾の話を聞かせなさい」

「佳綾の？」

榮舜はきょとんと問い返す。焦れた璃珠は榮舜の袖を掴み、引き摺るように山水を見渡せる太鼓橋まで連行した。『さあ話せ』とばかりに仁王立ちになると、彼は何故か小さく吹き出す。

「きみは本当に強引で面白いね。今まで出会ったことのない種類の女性だよ」

「そうかしら。わたしはどこにでもいる、至って凡庸な皇女だわ。別に面白がるところなんてないのよ」

「異論はあるが……でもどうして急に佳綾のことを？」

「……わたしはいずれ、昊の皇后になるのよ。過去の貴妃を知っておいてもいいでしょう？　皐夕と佳綾は仲がよかったのかしら」

そう言うと、榮舜は『そういうことにしておこうか』と頷いてやはり笑う。

「きみの言うとおり、佳綾と皐夕はとても仲が良かった。気が付くといつも一緒にいるものだから、私が妬いてしまうくらいだよ」

「皐夕が姉を毒殺したと思っている？」

「いいや。そういう陰湿さとは無縁だと思っている。皐夕はあの通り、さっぱりした性格だし、別に皇后に執着しているわけでもない。誰が皇后になろうが、気にもしないだろう」

「でも口論していたのでしょう？」

「仲が良ければ良いほど、喧嘩もするさ。仲違《なかたが》いをした様子はなかったな。後宮では様々な憶測が飛び交うものだ。皇后の座欲しさに姉を毒殺したなんて、格好の話題だろうね」

璃珠は自分の唇を指でなぞる。皐夕は姉を毒殺したりはしない。秋桜が見た皐夕の言葉が真実なのだろうか。姉を害する動機がないのであれば復讐が目的で、その相手が麗鈴ということになる。あのふわふわした善良な娘がそんな悪事を企《たくら》むだろうか。動機としてまず思いつくのは、やはり皇后になりたいが為だろう。しかし彼女が魔女であれば、もっと他の理由があるのかもしれない。

少し考えて、慎重に言葉を選ぶ。

「もし昊に魔女がいたら、おまえはどうする？」

「魔女？　芳の百花の魔女のことかな？」

「そうよ。不可思議な力を使う女のことだわ」

「私は百花の魔女を直接存じ上げなくてね。不可思議な力とやらを見たことがないが……さて、どうしよう。先日から私が頼まれてばかりだ。是非とも魅力的な見返りが欲しいね」

言って、榮舜は意味ありげに笑う。

「なにごとも持ちつ持たれつだ。このままではとても不公平、そう思わないかな？」

「そもそもは、おまえの国の人間がやらかしたことなのよ。国の主として、おまえは責任を取るべきなのだわ」

「私の妃がやったことだと、きみはなにか証拠を持っているのかい？」

「…………！」

ぐぬぬと璃珠は押し黙る。全ては憶測だ。榮舜に提示できる証拠はない。

しかしどうあっても、魔女の処遇を聞いておきたいのだ。

「なにが欲しいのかしら」

「もちろん。きみが昊へ来るという、色よい返事だよ」

口で『是』と言うだけなら簡単だ。後でいくらでも覆せばいい。拘束されて連れていかれたとしても、どんな手段を用いてでも曉へ帰る。その意思はあるのだが、ふと麗鈴のことが頭に浮かんだ。もし彼女のように足を折られたら？　両腕を捥《も》がれたら？　そうなれば籠の鳥だ。九垓に会うことはもう叶わないかもしれない。

そういう姿がちらりと脳裏をかすめ、唇を噛んだ。

こういうとき、どうすればいいのか。女帝であった頃ならば、有無を言わさずに権力で押し潰すのだが、今は無力な一介の皇女だ。

ふと、九垓の姿が浮かんだ。皐夕と手合わせをしたとき、彼は殊更に色を振りまいていなかったか。皐夕に『側室にならないか』と誘ってはいたが、あれは口先だけの甘言なのだ。苛立《いらだ》ちはした。だがそうに決まっている。九垓に限って、自分以外の妃を持とうなどとは言わないだろう……たぶん、きっと。

これだ、と魔女は内心でほくそ笑んだ。

璃珠は出来うる限り妖艶な微笑みを作り、その指で榮舜の上衣を突く。

「山荷葉《さんかよう》も欲しいけれどね、おまえのことも多少は気になるの。皆の前で宣言した以上、今のわたしはおまえの婚約者なのだから。おまえが持つ、数多の愛を知りたいのよ」

「きみはわかっているのかな？　愛を知りたいなどと口にするけど、それはなかなかに熱い口説き文句なのだよ」

「口説き文句……？」

そうなのだろうか。女を口説き倒す手練手管を知れば、九垓に与える愛がわかると思っただけだ。特に別の意図はない。

しかし榮舜は、突いた璃珠の手をしっかりと握ると、じわりと半歩前へ出る。

「きみの口から聞きたいね。私に嫁いで昊に来ると」

「……わたしは……」

九垓の姿がちらつく。皐夕に『側室に』と誘った姿だ。彼のように、さり気なくさっぱりと言い切らなければいけない。

とはいえ、魔女は完全に動揺していた。二十八歳で没した華陀は、色恋沙汰とは無縁だった。一国の女帝を口説こうとする男もいなければ、婿になってくれと誘ったこともない。

しかし目の前の男は本気だった。向けられる熱い視線に、握られた手が小さく震えている。なんとか自身を叱咤《しった》して、懸命にその視線に立ち向かった。

「……いいわよ。おまえに嫁いでやるわ。昊へ行って、山野草に囲まれるのも悪くないわね」

「言ったね？　今更後戻りはできないよ」

「見くびらないでちょうだい。二言はないわ」

言ってやった。言ったついでに手を伸ばして、槃舜の唇を艶やかに撫《あ》でた。途端に彼も腕を伸ばし、こちらの腰を抱いてくる。悲鳴を呑み込んで冷静を装うと、殊更に顔を近づけてくるではないか。さり気なく押し返すが、力で敵《かな》うはずもない。

それでも地味に抵抗しながら、璃珠は色気のある笑みを精一杯浮かべた。

「一つ提案があるわ。明日の夜、本来ならばわたしと九垓の婚前祝賀会の予定だったのだけれど、それをおまえとわたしの婚約を祝う宴にしようじゃないの」

「ほう」

「正式におまえの貴妃に……皇后になると宣言する場にしようじゃない。そうしましょう。だからおまえ、ちょっと離れなさい……！」

　ぐいぐいと押しやるが、榮舜は退こうとしなかった。それどころか更に顔を近づけて、唇に口付けようとするではないか。さすがに許容し難い。しかし、これを耐えねば、璃珠の望む展開はない。九垓だってきっと耐えるはずだ。

　様子を見ていた主歌が『ぎゃー！』と雄叫びを上げた。次の瞬間、榮舜が突如として後ろを振り返り、きょろきょろと周囲を見回す。

「は！　明確な殺意を感じる！」

　その隙に距離を取ると、ばくばくと鳴る心臓の辺りを押さえた。

「ま、まあそういうことよ。祝宴の件はわたしが九垓に言っておいてあげるわ。それはそうと持ちつ持たれつなのだから、おまえは情報を提供するべきだわ」

　早口で捲し立てると、榮舜は少しつまらなそうな顔をして片眉を上げた。

「昊では魔女は火刑なんだよ。別に律があるわけじゃない。大昔にそういう事例があった、というだけだがね」

「火刑……」

呆然と呟くと、榮舜は橋の手すりに寄りかかった。

「昔々、魔女に唆《そそのか》された皇帝がいてね、昊は滅びかけたそうだ。それ以降、魔女は悪であるという言い伝えがあるんだよ。もし今、昊に魔女がいるならば、言い伝えを信じている国民に刑場に引っ立てられるかもしれないね」

「なんて野蛮なの」

「昊の民には、そういう気質があるということだよ。きみが気にするほどのことかな？」

「おまえは知らなくてもいいの」

はっきりと断言すると、榮舜は何故か面白そうな顔をする。

「きみたちは似た者同士だね。最初はきみが九垓に似ているのかと思ったが、どうやら逆かもしれない」

「わたしと九垓が似ていると言うの？　似てないわよ、全然」

「そうかな。人を惹《ひ》き付ける魅力を持っていて、なんでも自分一人で解決してしまおうとするところとか、そっくりだよ。親子みたいだ」

「……親子なわけないじゃない」

なにかを見透かされたようで、ぎくりとした。しかし榮舜は『当然だ』と笑っている。

「何故、私が九垓を援助したかというとね……仲良くなりたかったからだ。あいつの本音を知りたかったんだよ」

「九垓の本音？　恩人とやらの敵討ちでしょう？　それだけだわ」

「きみの前では可愛い顔をしているが、あいつの本性はなかなかだよ。私を女たらしだと言うが、笑ってしまうね。九垓は天性の人たらしだ。禁軍にどれだけの味方を作ったと思う？　どれだけの人間を口説いたと思う？　たった一人からことを始めて挙兵して、まんまと完遂した。彼に手を貸したのは私だけではないよ。国内外に支援者がいる。それだけの人間に協力させるなど、余程の資質がないとできない。できないんだよ」

「おまえも支援者の一人なのでしょう？」

「そうだとも。あいつの手腕に惚れたんだ。目的の為なら手段を選ばない冷徹さが好きでね……本当に選ばないんだよ。きみの前ではとても言えないことを、平然とやってきた。どんな汚れ仕事だろうとね」

嬉しそうに語る桀舜を眺めながら、璃珠は内心で首を捻った。全く想像が及ばない。

「九垓が？」

「あいつはいつも忙しそうにしていたよ。まるで、考える時間を作らないようにしているかのように。私はどこか、彼が破滅を望んでいるんじゃないかと思った。自分を粗末に扱い、自分を滅ぼそうとしているように感じた。ずっと疑問だったよ。やがて彼が即位して、あまり良くない噂を聞いた。兄を討ったものの、内政はほとんど放り投げていると。目的を達して燃え尽きたかと思ったが……きみといるときは随分と楽しそうだ。あんな顔をするのかと、驚いたよ」

そう言って、棨舜はこちらをじっと見つめた。

「九垓の本音を垣間見《かいまみ》た気がした。あいつは、きみの為に戦ってきたんだ。きみたちの経緯《いきさつ》は知らないが、きっとそうなんだろう。だからちょっと、奪ってみたくなった」

「おまえと九垓の関係に、わたしを巻き込んだの？」

むっとして眉を上げる。

「最初はね。でも、きみが欲しいのは本当だ。あの九垓を籠絡させた女性だ。気にならないわけがない」

棨舜は身体を起こすと一歩前へ踏み出す。そしてこちらの手を取ろうと手を伸ばす。また捕まると身体を強張らせた瞬間、『きえー！』と威勢のいい叫び声が割り込んできた。榮舜との間に身体を割って入ると圭歌は荷物を放り投げ、両手を左右に大きく広げた。

「ここは私にお任せください！　どうか陛下のところへ！　走ってください！」

「頼んだわよ、圭歌！」

投げ渡された荷物を受け取り、璃珠は駆け出す。

ちらりと一瞥すると、榮舜は大きな声で璃珠の名を呼んだ。

「またね、婚約者殿」

＊　＊　＊

執務室の警備を薙《な》ぎ倒して飛び込んでみると、殊更に涼しい顔をした九垓がいた。

「どうしました、華陀様」

「どうしたもこうしたもないわよ！　あの男が……！」

言いかけて気付く。九垓が立っている円窓の向こうは、山水を望む太鼓橋だ。見ていたのだ、この男は。一部始終をここでずっと眺めていたのだ。止めるでもなく、声をかけるでもなく。会話が聞き取れる距離ではないが、榮舜の狼藉はわかっていたはずである。

ぐぬぬと唇を噛んでいると、ようやく九垓が動いた。長い指で荷物を取り上げ几《つくえ》に置くと、璃珠の手を丁寧に握ってくる。

「できもしないことを、しないでください」

戒めと苦言の口調だ。そして金の目がこちらの手を見下ろす。彼の視線を追い、やっと気付いた。手が震えたままだった。

九垓の言いたいことを悟り、奮然と睨み付ける。

「なんてことないわよ。あんな男を手玉に取るくらい、簡単だわ」

「そういうのは、僕がやればいいんです。あなたが手を汚す必要はない」

「一から十までおまえにやらせて、黙って見ていろと言うの？　そんなの御免だわ！　なにごとも、自分の手で成してこそよ！」

「知っていますよ。でも華陀様には相応《ふさわ》しい舞台が他にあると思います。栄舜を相手にするのは、ちょっと違いますよ」

「おまえは本当に、ああ言えばこう言うのね。減らず口は誰に似たのかしら……！」

ふと異変を感じた。九垓の手が異常に熱かったのだ。即座に九垓の頬に手を当てる。

顔も少し、いや大分赤い。

「おまえ、熱があるじゃないの！」

「そうですか？」

「なんでもないような顔をしていい温度じゃないわよ。すぐに座りなさい！」

九垓を長椅子に押し倒すと、すぐに璃珠は動いた。持ってきた荷物からあれもこれも取り出すと、扉の外の衛兵に湯を持ってくるように命令する。

「怪我の影響だわ。おまえ、自分が思っているより重傷なのよ。さっさと傷口を見せなさい！　侍医には診せたの？」

「怪我のことをご存知で？」

「当たり前よ。あんなにわざとらしく植えた秋桜を、わたしが見逃すと思って？」

するとと九垓は『よかった』と何故か嬉しそうに微笑む。

「ちっともよくないのよ！」

叫んで上衣を脱がせてみると、肩には適当な処置をした跡があった。これでは熱が出て当然である。薬を塗り熱冷ましの薬湯を飲ませると、むくむくと怒りの感情が湧いてきた。

「あれは……なんなの!?」

「あれとは？」

「おまえが秋桜に見せた、あれよ！」

「いちいち僕に相談しないと仰っていたので、勝手に動いたまでですが」

『なにか？』と不思議そうな顔をされる。いや違う。涼しい顔をしているが、これは腹を立てているのだ。

「なにを怒っているのよ」

「怒っていますよ、もちろん」

不器用に茱舜を誘ったことだろうか。九垓ならよくて、自分は駄目などと言いたいのだろうか。そんなことがあって堪るかと、璃珠は頬を膨らませる。

「おまえは随分と手慣れている様子だったわね。皐夕には剣で負けていたけれど」

『本当は弱いのかしら』と付け加えると、九垓は目を細めてにこりと笑ってみせた。

「あれは罪悪感に付け込む為ですよ。怪我をさせてしまったという負い目があるから、口を割るんです」

「……おまえ、わざと怪我をしたの？」

薬を仕舞う手を止めて、まじまじと九垓の顔を見つめる。

無邪気な子供みたいに笑っているが、やっていることは随分とえげつない。棠舜の言う『手段を選ばない』とは、こういうことか。

「おまえがあれこれと策を弄さなくてもいいのよ。皇帝なのだから、もっと偉そうに人を使いなさい」

「他人は信用できませんし、僕はあなたの尖兵《せんぺい》です。蜂で言うなら働き蜂です。女王を永続的に存在させる為に働くのが役目なんですよ」

「昔はそうだったかもしれないけれど、今は違うわ。おまえが王で、わたしは一介の平凡な皇女なのよ」

「いいえ。僕の中では、あなたがずっと王なんです。僕がいなくなっても、あなたが帝位に就けばいい。驍はそれでいいんです」

迷いもなく言い切る。さすがに璃珠は顔を顰めた。

「おまえの尻拭いなんて御免だわ。いつまでもわたしの後ろをついてくるなんて、おまえは本当にお子様ね。朱明宮《しゅめいきゅう》にいた頃と、なにも変わらないじゃないの」

「……あの頃が一番、僕は好きですよ」

日溜まりでうたた寝をするように、穏やかな顔をする。

全く仕方ない。思わず目を細めて、その白髪を掻き回した。

「外見ばかり大きくなって、中身は大して変わらないのだわ。おまえはいつまでも、わたしの花で愛し子なのね」

「愛し子……」

小さく呟いて、九垓は目を伏せる。

親は子を教育する義務があるのだ。一から十まで指南しなくてはいけない。大きくため息をついて、九垓の隣に腰を下ろす。

「……今朝、麗鈴に会ったわ。魔女なんですって。自分で言っていたわ」

「魔女……ですか」

「確証はないわ。そういう力を見たわけじゃないもの。口でならなんとでも言えるわ」

「僕としては皐夕が毒を盛ったとは考えにくいです。遠回しに策を練る人間じゃない。まあ、口でならなんとでも言えるでしょうが」

「そうよ。本人の口から出た言葉を軽率に信用なんてできないわ。確たる証拠が欲しいのよ、わたしは」

魔女は簡単に他人を信用しない。『だから』と璃珠は続ける。

「榮舜に約束を取り付けてやったの。明日の夜、わたしと榮舜の正式な婚約を祝う宴会を開くと。大々的に宣伝してやりなさい」

「なるほど。昊の皇后が確定するとなれば、犯人が動きますね」

九垓に動揺はなかった。完全に策士の顔をしている。

「華陀様が囮《おとり》にならなくてもよろしいのでは？」

「言ったでしょう。わたしはわたしの手で、花を貶めた輩をぎったぎたにしてやるのよ。どんな理由であっても、許さないのだわ」

この目で確認して、自分の手で存分に断罪しなくてはならないのだ。鼻息も荒くそう言うと、九垓は僅かに眉根を寄せる。

「身の回りの警護と口に入るものには、十分注意をしてください」

「わかってるわ。わたしだってまた死にたくないのよ。念入りに確認するわ」

婚約を破棄した男と、あまり一緒にいるのも体裁が悪いだろう。長椅子から立ち上がり、荷物を抱え上げる。次いで、ちらりと九垓を振り返った。

「……ところでおまえ、あれは本気じゃないでしょうね？」

「あれとは？」

「皐夕に言っていたやつよ」

「ああ……側室にという話ですか」

上衣を着ながら、なんでもないような口ぶりで言う。

「駄目ですか？」

「な……！」

思わずぽとりと荷物を取り落とす。

「皐夕は悪くないと思うんですよ。恐らく、実直で真面目ですよ。舞手としても素晴らしいし、榮舜の妃よりも僕のもとに来た方が幸せなのではないかと」

「………」

「冗談です」

にこりと笑う九垓の目の前で、わなわなと震える手で荷物を拾い上げる。

「笑えない冗談は冗談って言わないのよ！　悪趣味なだけだわ！」

「笑えない……ですか。僕の言葉は信用するのですか。そもそも男は信用していないのでは？」

「おまえは男じゃなくて子供なの。今の今でよくわかったわよ」

それだけ言うと、さっさと部屋を出ようと歩き出す。帰り際、九垓を一瞥して指を突き付けた。

「いい子だから、ちゃんと寝ているのよ」

＊　＊　＊

璃珠を見送り、ぱたんと扉が閉まる。同時に、九垓の顔から笑みが消えた。

「いい子だから、か」

ずきずきとこめかみが痛む。

『寝なさい』と言われても、数日前から寝られないのだ。あの悪夢を見て飛び起きて、一睡もできない。痛む額を押さえて長椅子に座り直す。

几の上には魔女が置いていった薬の包みが数個。その一つを手に取って、そっと握った。

「あの人にとって俺は、いつまでも子供なんだな」

世話を焼く対象で、守るべき存在。親と子の関係なのだ。子は親に従うものだし、それに異論はない。いつまでも魔女の庇護下《ひごか》にいて甘やかされるのも、ぬるま湯に浸《つ》かっているようで気持ちがいいだろう。

魔女の特別でいられるのなら、愛し子でい続けるのも悪くない。

側室の件は笑えない冗談だと一蹴された。束の間喜んだが、自分以外の妻を持つな、という意味ではないかもしれない。質《たち》の悪い子供の悪戯だと、親心から憤慨したのだ。最初に自分との婚儀を承諾したのも、子の行く末を案じたからだ。

男として愛されているわけではない。

その事実を突き付けられて、思っていたより落胆した。

ちらりと円窓の向こうへ視線を投げる。かつて不毛の地だったこの国の名残である、山水が広がっていた。先程の密会を思い出す。

榮舜との祝宴を催すなんて、いくら魔女の報復でも賛同しかねる。しかし本音など言えようはずもない。優先すべきは魔女の意思で、自分の気持ちなど二の次にすべきだからである。

「そう……俺のことなど後回しで良い」

かつて九垓は、魔女を救えなかった。無力な子供だったとはいえ、愛しい人を目の前でむざむざと殺されたのである。見殺しにしたと言ってもいい。置いていかれたと同時に、自分が置いていったのだ。魔女を独り逝かせた罪は重い。

その後悔がずっとのしかかっていた。無力だったのだ。同時に、自分はなんと無価値なのだろうと絶望した。

こんな身体や身分など糞食《くそく》らえだ。魔女のそれに比べれば、こんな命は紙よりも薄くて軽い。どうして大事にできようか。

知らず、肩口の怪我をきつく押さえていた。熱を持った身体がじくじくと痛む。だが不眠も頭痛も傷の痛みも、魔女の為ならばどうということはない。

どれだけ手が血で汚れようとも、誰に身体を売ろうとも、斬首された魔女の痛みに比べれば塵《ちり》も同然だ。いや比べることさえ烏滸《おこ》がましい。

而《しか》して魔女の仇《かたき》は討った。そればかりか魔女が戻ってきた。

「もうそれでいいじゃないか……」

自分に何度も言い聞かせる。十分すぎる僥倖《ぎようこう》だと。

それ以上を求めてはいけないのだ。一時でも手に入ったと喜んだ時間があったのだ。それで満足すべきなのだから。

最悪、魔女が本気で昊へ行くと言い出しても、止める権利などない。

魔女の心を縛ってはいけない。自由で気高いことが、魔女たる所以《ゆえん》なのだから。彼女の意思に沿って働くことだけを考えよう。

ともすればどろどろとあふれ出す、この薄汚い気持ちに蓋をしよう。気付かないふりをしてやり過ごせばいい。

自分の命も身体も心も、魔女に捧《ささ》げるべきなのだ。それだけの恩がある。

油断すると口から零れそうになる言葉を、押しとどめて呑み込む。

そうして、今夜も眠れない夜を過ごすのだ。

＊　＊　＊

そして翌日。祝宴はこの夜、華やかに催されることとなった。後宮はにわかにおおわらわである。同時にこんな噂がまことしやかに流れていた。昊の皇帝と正式に婚約する驍の皇帝と婚約していたはずの皇女が心移りをして、昊の皇帝と正式に婚約する。その祝宴の準備であると。

即位した九垓の評判は概《おおむ》ね悪い。挙兵した頃の人間的魅力はどこへやらだ。最近になってようやく内政に向き合うようになったかと思われたが、日頃の行いが悪かったのだと嘲笑する人間も少なくないそうだ。

主歌からそういう報告を聞いて、璃珠は渋い顔で茶を飲んだ。

「榮舜が言っていたことは本当なの？　禁軍の人間を口説き落として協力させてたんでしょう？　国内外の有力者と繫がるくらい人望があったのでしょう？　その頃の勤勉さはどこへ行ったのよ。うっかりどこかへ捨ててきちゃったのかしらね。浜辺に行ったら流れ着いていたりして……拾いに行った方がいいんじゃないの？」

それなりに可愛がっている子を悪く言われて、喜ぶ保護者はいない。

ぶちぶちと文句を言いながら茶杯を傾けていると、部屋の中を慌ただしく走り回っていた圭歌が足を止めた。

「あくまで禁軍の中での話でしょうね。その外……官吏の間や後宮では良い評判はありません。侍従の呂潤《りょじゅん》様のお話では『随分とお変わりになった』ということです」

「挙兵して即位した時点で、疲れちゃったのかしらね。でもやればできるのよ、あの子は」

「肩をお持ちになる割には、何故かいつも陛下を子供扱いなさいますよね」

「皇帝としても人間としても、まだまだ半人前よ。国を治めるなんて、誰でもできることじゃないのだから、頑張ってもらわないといけないわ。手を貸すのは簡単だけど、それじゃ駄目なのよ。遠くから見守ってこそ優秀な保護者なのだわ」

「保護者ですか？」

不審な目で見つめられる。弱冠十五歳の小娘が言う台詞《せりふ》ではなかった。焦って茶壺《ちゃつぼ》を取り上げると、どぼどぼと茶杯に注いだ。

「じ、自分のことを言ったのだわ。わたしもまだまだ半人前なのだから、頑張らなくてはいけないの。亡き母上も遠くから見守っているわ、きっと」

「ああ、なるほど」

圭歌は頷きながら、荒々しい手つきで自分の髪に簪を挿す。主賓の侍女ともなれば、それなりの装いをしなくてはいけない。だが圭歌は自分を飾り立てることには無頓着だった。化粧も髪結いもいまいちである。

「いつも言っているでしょう、圭歌。わたしの侍女なら身綺麗にしなくてはいけないわ。ほら、そこに座りなさい。直してあげるから」

「うう……申し訳ありません！　璃珠様のお手を煩わせて申し訳ありませーん！」

「それなりの格好をして黙っていたら綺麗なのよ、おまえは。黒百合のようだわ」

「身に余るお言葉でなにやらごめんなさい！　不器用ですみません！　でも璃珠様
……本気で婚約なさるんですか？　あの顔だけ男と」

「顔がいいのも立派な財産よ。生まれる子はさぞ綺麗でしょうね」

「本気なのですか⁉　どういう心変わりですか⁉」

敵を騙《だま》すには味方からだ。後ろめたい気持ちはあるが、圭歌にはこの嘘を信じてもらうしかない。『ひい』と悲鳴を上げて立ち上がった圭歌の肩をぐっと押して、無理矢理座らせる。

「いいじゃない、昊。自然と緑でいっぱいよ。咲くかどうかもわからない加密列《かみつれ》より、すでに花でいっぱいの昊の方が楽しいわ」

「そこなんですか⁉　やっぱり花でモサモサの方がいいんですね⁉」

「当然じゃない」

「ああ……私の野望が！　花と野菜と果物とその他諸々の穀物で溢れる厩（もろもろ）で、お腹いっぱいの毎日を過ごすという私の夢が……！」

嘆きながら顔を覆う手を剝ぎ取り、その唇に紅を差す。

「ほら、こっちの色の方がいいわ。わたしが昊に行くことになっても、おまえはついてくるのよ」

「璃珠様……」

なんとも複雑な顔をして、圭歌は押し黙る。この侍女のことは気に入っている。明け透けな性格が心地いいのだ。九垓が白蓮なら、圭歌は黒百合だ。愛でている大切な花である。綺麗に健やかに咲いていて欲しいのだ。

圭歌の黒髪を結い直し、化粧を直す。そしてようやく、黒百合と称するに相応しい姿となった。璃珠は自分の仕事ぶりに満足して、圭歌の背中を叩いて送り出す。

「ほら、いいわよ。あちこちに駆り出されるのでしょう。行ってらっしゃいな」

「ああ……！　私如きにはもったいない出来映え！　ありがとうございますありがとうございます！　それでは行ってまいります！　くれぐれもなにか食べたりしないでくださいね！　この圭歌が毒味したものだけを食べるんですよ！　いいですね！」

「わかってるわ」

「それと祝宴が始まるまで、この殿舎にいてくださいね!?　迎えに来ますから、それまでじっとしているんですよ！」

「…………」

「お返事を！　お返事をお願いいたします！」

凄まじい形相で縋り付かれるが、璃珠は視線を余所に向ける。

「大丈夫よ。諸々、十分に気をつけるわ。おまえの方こそ注意するのよ。どこになにが仕込まれているかわからないのだからね」

「承知しております！　では私は美味しいご馳走を食べ……じゃなくて、毒味をやってやってやりまくってきます！　それでは！」

華やかな衣装もお構いなしで、圭歌はばたばたと走っていってしまう。立ち振る舞いから教えねばならない様子だ。

一息ついて椅子に腰を下ろす。

「……百合の佩玉《はいぎょく》を作って、持たせようかしらね」

暗に自分の侍女であることを示す印だ。そこまで執着しているのかと、自分でも驚く。宮女も侍女も、華陀であった時代には大して重宝しなかった。せいぜい身の回りの世話をやらせる、雑用係程度の認識しかなかった。侍女長であった雀子《じゃくし》だけが、唯一心の許せる臣下だったのだが。

だが圭歌にはなにごともあって欲しくないと思う。料理を口いっぱいに頬張る姿は、栗鼠《りす》のようで愛嬌《あいきょう》があるのだ。いつの日でも騒がしく走り回り、理由もなく謝り倒し、美味しいものを食べてもらいたい。その為の今夜の祝宴でもあるのだ。

なみなみと注いだ茶杯を手に取って、璃珠は低く呟いた。

「さて……誰が動くかしらね」

魔女はじっとしているなど性に合わない。

殊更ゆっくりと茶を飲み干し、ゆらりと立ち上がった。

＊　＊　＊

供もつけずに後宮を歩き回る。

すれ違った宮女たちがひそひそと声を潜め、こちらを見ていた。どうせ『心変わりの激しい芳の皇女』とでも噂されているのだろうが、自分の評判などどうでもいい。

まずは皐夕の離宮へ向かったが本人は不在だった。またしても、図々しく勝手気ままに歩き回っているのだろう。しかし能動的に動いてくれるのならそれでいい。申し訳なさそうに対応する侍女に『あらそう』とだけ返事をして、鉢植えの百合を押しつけた。皇后決定のお祝いに飾っておきなさい、と言付けて。直接持ってきた鉢植えの花も手打ちにするのなら、もう容赦はしないつもりだ。

麗鈴の離宮にも足を運んだが、こちらも本人には会えなかった。今朝から少し体調が優れず伏せっているのだとか。祝宴には必ず出席しますとの伝言を受け取り、璃珠は『あらそう』と返しておいた。

それでも有無を言わさず押し入って、例の鈴蘭を見に行ったのだが、璃珠は小さく目を見開いた。花が咲いていたのだ。低く垂れ下がった白い釣鐘《つりがね》状の花弁。中には無垢《むく》な六本の雄蕊《おしべ》がある。昨日見たときは、蕾もなかったはずだ。一夜にして咲くなど、普通はあり得ない。やはり魔女はいるのだ。

小さく白い花をじっと見下ろして、璃珠は声を潜める。

「……わたしの声が聞こえるわね。おまえはどこから来たの？」

しかし返事はない。強情なことだと口を尖《とが》らせ、そっと顎を撫でる。花を見たからには、無理矢理奪うことは可能だ。奪ってしまえば、この花の見た景色も覗くことができる。

少し考えて、ここは退くことにした。鈴蘭の魔女の花を奪っても、なにも解決はしない。意図があるはずなのだ。それを確かめるまでは泳がせておこう。

そう結論を出して、麗鈴の離宮を後にする。

榮舜は……放っておこう。未来の皇后を害する理由が見当たらないからだ。

「となれば問題は……毒物の有無よ」

圭歌が毒味をするとはいえ、誰も口にしないで済むならその方がいい。毒物があるのなら、それを押収することが確たる証拠ともなるのだ。なにが毒で、なにが毒ではないのか。植物においてそれを見分けられる人間は恐らく、宮中では自分だけだろう。

かくて璃珠は、祝宴準備の戦場たる主殿の厨房《ちゅうぼう》へと討ち入った。

油の匂いと煙が充満する厨房は、戦の真っ最中だ。何十人という料理人が慌ただしく指示を叫ぶ。呼応する声と時折聞こえる怒号が飛び交い、あらゆる部署の人間でごった返す厨房に、璃珠は堂々と踏み入ったのだ。

まずはなにより、食材の確認である。

しかし『こんなところにどこかの宮女が』と思ったのだろう、年嵩《としかさ》の料理長が見咎めて、大声を上げた。

「おい、そんなところに突っ立ってて邪魔だ！　用事があるならさっさと済ませろ！」

璃珠はお構いなしに、その料理長を捕まえて睨《ね》め付ける。

「おまえがここの責任者かしら？」

「だったらなんだ？」

料理長が振る大きな鍋からは、強烈な香辛料の香りが立ち上っている。ここら一帯はあらゆる香りが混じり合い、渾然一体《こんぜんいったい》となっていた。

「祝宴に使う食材を全てここに持ってきなさい」

「なんだって？　一体誰の命令でそんなことを……」

言いかけた矢先、どこかで『芳の皇女』と呼び声が上がる。そこでようやく、こちらの姿を確認する気になったのだろう。贅沢《ぜいたく》な絹の襦裙、高価な玉をあしらった簪、金でできたきらびやかな装飾品。決して一介の宮女ではない。

料理長は口を噤《つぐ》み、露骨に嫌そうな顔をする。

「……なんでお姫様がこんなところに来るんだよ」

「いいから早く持ってきなさい！」

有無を言わさず命令する。そうすると、渋々と彼は周囲に指示を出し始めた。

しばらくして厨房の大きな卓に、あらゆる食材が並べられる。

「これで全部かしら？」

腕を組んでゆるりと眺めると、隣で料理長が不満そうに鼻を鳴らす。

「面倒くさいお姫様だな。言えばお部屋に運んでやるよ」

「おまえは馬鹿なのかしら。先日の茶会の件は知っているでしょう？　部屋に運んだところで意味がないのよ。わたしが確認した後に、食材をすり替えられていたらどうするの？　こういうのは抜き打ちで、すでに料理が始まっている状態で確認するのが一番なのだわ」

「毒なんかねぇよ。こちとら朝一で材料は見てるんだ。茶会の件は知ったこっちゃねえ。あれはこっちの過失じゃないんだからな」

「そうよ。茶会はわたしの過失だわ。かといって、おまえたちの目を完全に信用しているわけでもないの。なにごとにも絶対はないのだからね」

悠然と言い放って、卓へ目を向ける。

豚、牛、馬、羊、鶏。魚に米、小麦。粉末にした毒なら混ぜることも可能か。

他には野菜だ。蓮根《れんこん》、筍《たけのこ》、青菜、葱《ねぎ》――。

璃珠は野菜の一つを凝視し、すかさず手に取った。

「ああ、そいつは茖葱《かくそう》（行者大蒜《ぎょうじゃにんにく》）だな。匂いも強く、栄養豊富。薬にもなる身体にいい山菜だ。この時季にお目にかかるなんて奇跡なんだぜ？　暁は野菜もろくにならなかったからな。その分、長期保存の技がいっぱいあるんだ。お姫様は知らんだろうがな。もういいか？　満足したか？」

料理長の言葉を無視し、璃珠はいきなり、茖葱をど真ん中から裂いた。

「おい、なにやってんだ！　俺の芸術的な料理を台無しにするんじゃねえ！」

やはり料理長の言葉は無視である。裂いた茖葱の切り口に鼻を近づけると、強烈な大蒜の刺激臭がした。これではない。

手に取った茖葱を放り出すと、別の茖葱を引き裂いた。

「おいこら！　貴重な食材になんてことすんだ！」

「うるさいわ、ちょっと黙っていなさい！」

一喝してから、次々と茖葱を引き千切っていく。そして笊《ざる》に山盛りになっている茖葱も次々と手にかけていると、さすがに見かねた料理長から怒号が飛んできた。

「いい加減にしろ！　そいつは俺も確認したんだ！　変なものは混ざってねぇよ！」

璃珠はぴたりと手を止めて、『ふぅん』と料理長を睨め上げる。

「この茖葱の匂いを嗅いでみなさいな」

「普通の茖葱だろうが……！」

璃珠の持つ茖葱に顔を寄せた料理長も、ぴたりと動きを止めた。一山の茖葱の中にいくつか混ざっていたのだ。大蒜臭のしない葉が。

「これは鈴蘭の葉よ。茖葱と鈴蘭はよく似ているの。間違えて食べて、死ぬ人間もいるくらいだわ。言わなくても、それくらい知っているわよね？」

「そんな馬鹿な！　俺は確認したんだ！　全部の食材をだ！　本当に一つ残らず！」

「それが本当なら、おまえが確認した段階では全て本物の茖葱だったということかしら。わたしが見つけてよかったわね。おまえの過失を未然に防げたのだから、わたしに大いに感謝するといいのだわ」

「そんな……一体誰が！　おい！　茖葱を触ったやつは誰だ！」

遠巻きに見ていた料理人に問いかけるも、お互いの顔を見やるだけで誰も手を上げようとしない。そのとき誰かが恐る恐る口を開いた。

「わかりません。なにしろ大勢の人間が出入りしていますから、誰がなにを触ったかなんて覚えていませんよ」

「く……！」

「雑然とした厨房に誰かが入り込んで、鈴蘭を混ぜたのかしらね。とにかくその人間を特定しないといけないわ。おまえ、責任者なのだから責任を取るのよ。必ず見つけ出して、わたしに報告しなさい。料理なんて放って、今すぐに動くのよ」

「……承知しました」

項垂《うなだ》れてしまった料理長を一瞥して、璃珠は裾を翻す。魔女の鈴蘭に、紛れ込んだ鈴蘭の葉。偶然ではないだろうと思ったが、得心がいかなかった。その確認をするよりも先に、血相を変えた宮女が走り込んでくる。

「圭歌が！」

知った名前に、ひやりと背筋が寒くなる。

「……圭歌がどうしたの？」

璃珠が低く問い返すと、宮女は息を切らしてこう続ける。

「別室で毒味をしていた圭歌が倒れて……！」

「茖葱を出したの⁉」

「ああ……さっき毒味用に料理を――」

料理長の言葉が終わる前に、璃珠は走り出していた。

「すぐに案内しなさい！　おまえは侍医を呼んで！」

厨房を飛び出し、案内の宮女の後ろに続く。そのときにふと、見覚えのある姿がちらりと視界に入った。こちらが確認できるかできないかの微妙な距離で、背の高い皐夕がするりと敷地内から出ていくところだった。

「皐夕……なにを見ていたの？」

その視線の先を追うと、厨房の出入り口に一輪、あの鈴蘭が咲いていた。

「……ここにも！」

皐夕はなにかを知っているのか、厨房に出入りしていたのは彼女なのか。だが皐夕を追うよりも、今は圭歌の容態が優先である。

唇を噛んで別室へ向かう。

見ると床に圭歌が倒れ伏していた。卓には今食べたであろう、茖葱の炒《いた》め物《もの》がある。狼狽している宮女が右往左往しているので、大きな声で叱り飛ばした。

「水とお茶を持ってきなさい！　あと果汁と牛の乳よ！　急いで！」

具体的な指示を出され、ようやく宮女が動き出す。璃珠は圭歌を抱えると、その口の中に手を突っ込んだ。

「圭歌、吐きなさい！　全部吐くのよ！」

胃の中を空にしてから、水分を摂取させる。体内に入った毒を薄めないといけないのだ。そうして対応していると、すぐに侍医がやってきた。その処置を呆然と眺めながら、青い顔で運ばれていく圭歌に視線を送る。璃珠がした化粧も結った髪も、無残に散っていた。まるで大事にしていた黒百合が枯れていくように見えたのだ。

死んでしまうかもしれない。華陀の毒味をしていたあの侍女のように。

そう思うと、すっと血の気が引いた。それは駄目だ。許容できない。

そして引いたはずの血の気が、ふつふつと沸騰するように全身を巡り出す。

「二度までもわたしの花を傷つけるなんて……絶対に許さないわ！」

第四章　花金鳳花《ラナンキュラス》

毒味をした侍女が倒れた、という話は瞬く間に広がった。誰の仕業でどんな意図や手段かはわからないが、毒が紛れ込むことを許してしまったのだ。もう集められた食材を信用することはできないと、今夜の祝宴は即座に中止とされた。

関係者は処刑もやむなしと震えていたようだが、九垓《くがい》はその処分を保留とした。事件の真相が判明するまで、証拠を消すわけにはいかないのだ。現場の責任者である料理長や関係者から聴取して、下手人を洗い出さなければならない。

その対応は全て九垓に任せ、璃珠《りじゅ》は荒々しい足取りで歩いていた。目的は皐夕《こうゆう》の離宮である。何用かと出てきた侍女を振り払い、璃珠は大声を上げた。

「皐夕、話があるわ！　出てきなさい！」

さすがに今回ばかりは、離宮に留まっていたらしい。騒ぎを聞きつけた皐夕が殿舎から出てきた。そして騒ぎ立てる璃珠に眉を顰《ひそ》め、奥へと促した。

「そのようなところで大声を……どうぞこちらへ」

茶卓へと案内され、慣例に沿って茶が出された。さすがに手を付ける気にはならない。向かい合う形で椅子に腰を下ろし、璃珠は目の前の皐夕を油断なく眺める。

「どうして厨房に来たのかしら？」

「……祝宴の食事とはどのようなものかと、見に行っただけですが」

『なにか問題でも？』と淡々と返される。

「おまえが茖葱に悪さをしたんじゃないの？　他国の妃が厨房を覗きに来るなんて、おかしな話だわ」

「茖葱……」

そう呟くと、皐夕は厳しく目を細める。

「では毒とは、茖葱に鈴蘭が混ざっていたということでしょうか？」

皐夕が下手人であるとすれば、異なことを言う。毒がなんであったかという情報はまだ出回っていないのだろうか。訝しげな顔をしていると、皐夕は硬い表情で続ける。

「私ではありません。璃珠様に毒を盛るなどしませんよ。絶対にあの女です」

「前に言っていたわね。『あの女はまたやる』と」

「言いました。恐らく麗鈴《れいりん》ですよ。自分で言うのもなんですが、私は目立ちます。私が厨房へ出入りしていれば、誰かが見咎めるはずです」

「……そうよ。わたしは遠目からでもおまえがわかったわ。変装していたとしても身体の線や動き方でわかるもの。でも麗鈴は歩けないのよ」

「そう……歩けないはずなのです」

「人を使ってやったと言うの？」

「その可能性もあるかと……恐らくですが」

歯切れが悪い物言いだ。確信がなく、迷っているかのような。

璃珠は頬杖をつくと、ゆるりと皐夕を観察する。上手に嘘がつける人間ではないのだろう。九垓が言っていた、武人のように正々堂々としていると。その評価は間違っていないはずだ。皐夕は麗鈴が首謀者だと踏んでいる。しかし未だ確証は得ていないのだ。ということは、確たる証拠を彼女も探しているということである。

「おまえが下手人でないのなら、榮舜《えいしゅん》と麗鈴を捕らえて拷問にでもかけようかしら」

「憶測だけで捕らえるなど、冤罪《えんざい》になります」

「なら一日中見張っておけばいいの？　なにかをやらかすまで、ずっと見ていなければならないのかしらね」

「現実的ではありません」

にべもなく言い放つ。しかしすでに、手は打っているのだ。麗鈴に贈った花金鳳花《はなきんぽうげ》。あれを回収すればなんらかの手がかりになるはずだ。いずれ、皐夕に贈った百合も手元に戻そう。

やはり最終的に頼りになるのは花なのだ。人間の言葉は当てにならない。璃珠は確信して立ち上がる。

「邪魔したわね。きっとおまえは犯人じゃないわ」

「どちらへ？」

「麗鈴の離宮へ行くのよ。伏せっているのですって。お見舞いになにか持っていこうかしらね。そういえば実家にいるときは、年子の妹に菓子を取られていたと言っていたわ。とびきり甘い菓子を持っていってやろうかしら」

「年子の妹？」

皐夕は眉間に皺を寄せて、不審そうな声を上げた。

「どうしたの？」

「麗鈴に妹がいるなどという話は、聞いたことがありませんが」

「でも言っていたわよ、つい先日」

そう言うと、皐夕は少し間を置いて口を開いた。

「……これは榮舜様から聞いたのですが、姉がいたはずです。それも亡くなっているとか。麗鈴の姉妹は、その姉と麗鈴の二人だけのはずです」

「わたしに嘘をついたと言うの？」

「後宮に入る際は、それなりの身辺調査があります。不審な人物を入宮させるのは危険ですから」

「当然だわ。後宮を管理する部署が、入念に調査するはずよ。間違った経歴など上げようものなら、首が飛びかねないわ」

「そうです。なので皇帝の手元には正しい情報が届くはずなのです。栄舜様が嘘を言っているとも思えません。その必要がないはずです」

「ではやはり……わたしに嘘を言ったのだわ。なんの為に？」

麗鈴を信用しているわけではない。しかしこの目で、あの可哀想な小さな足を見たのだ。自由に動けず、籠の鳥に甘んじなければならない境遇に、少なからず同情した。かつての華陀《かだ》もそうだったのだから。

しかし、その気持ちがぐらつき始めた。

「……わかったわ。あとはわたしに任せなさい」

璃珠は冷淡に告げて、皐夕の離宮を後にした。

＊　＊　＊

すでに夕刻。九垓の私室で泰然と待っていると、当の愛し子が帰ってきた。無断で部屋に侵入していることには特に触れず、当たり前のように九垓は拱手する。

「華陀様がご無事でなによりです」

「なにもよくないわ。わたしの花をまたしても貶められたのよ。絶対に絶対に絶対に許さないのだわ！」

小腹を満たす為に厨房から強奪した干し芋を齧《かじ》っていると、九垓はやはり当たり前のように茶を淹れようと動く。

「圭歌《けいか》の様子はどうですか？」

「すぐに全部吐かせたから命に別状はないけれど……皿に盛られた料理をほとんど平らげていたのよ、あの子は。普通、毒味なんてちょっと食べて済ますものなのに、食い意地が張っているのだわ。しばらくは絶対安静よ」

「皐夕は？　離宮まで行ったのでしょう？」

「あの子じゃないわ。おまえが言っていたように、こそこそと策を弄するより、直接息の根を止めようとする種類の人間よ、あれは。でも厨房の近くで姿を見たのよ。なにかを隠しているのは確かね」

「では麗鈴は？」

問いながら、九垓が杯を勧めてくる。蓮が描かれた白磁の茶杯だった。花の輪郭を指でなぞって、目を細める。

「離宮へ行ったわ。でも会えなかったのよ。今朝から調子が悪くて伏せっているのですって。先日、花を贈ったの。一部始終を見ているかと思って、新しい花と取り替えるからと口実を作って手元に戻そうと思ったのよ。でも『必ずお戻しします』と言われたまま、音沙汰無しよ」

「……華陀様は、麗鈴が怪しいと思っていらっしゃる？」

「あの子はわたしに嘘をついたのだわ」

「嘘？」

九垓が低く問い返す。

「些細《ささい》な嘘を一つ。でも、信用を失うには十分よ」

「でも、麗鈴は魔女かもしれないのでしょう？」

「……それについて、少し得心がいかないのよね」

「と、申しますと」

璃珠は卓の上に、二つの葉を載せた。

「鈴蘭の葉ですね」

「こっちが食材に混ざっていた鈴蘭、こっちが麗鈴の離宮の庭に咲いていた鈴蘭の葉よ。よく見なさい。違う種類の鈴蘭なのよ」

「……同じに見えますが」

九垓は金の目を何度か瞬かせる。

「違うのよ。鈴蘭は主に二種類あるわ。どっちも鈴蘭と呼ぶし、厳密に名前が分かれていないのだけど……茖葱に紛れていた方は西から渡ってきた鈴蘭で、離宮と厨房近くに咲いていたのは東の鈴蘭なのよ」

「麗鈴が一花の魔女だとすれば、契約できる花は一種類」

「魔女の花は東の鈴蘭で間違いないわ。だとすれば西の鈴蘭はどこから来たのか、という話よ。自分の花以外の鈴蘭をわざわざ使うことなんてしないはずだし、驍の宮中には鈴蘭を植えていないわ」

「……外部から持ち込んだ、ということですか」

「そうよ。鉢植えで持ち込んだか、鮮度を保ったまま長期的に保存できる方法を知っているかよ。逆に言えば、西の鈴蘭を持っている人間が犯人だわ。魔女と犯人は別人かもしれないわね」

　ここまで一気に捲し立てると、璃珠はようやく茶杯に口を付けた。茉莉花の香りが口いっぱいに広がる。

「やはり問題は、誰が手を下したか、になりますが……関係者の聴取は続けています。ただ人数が多すぎて、関係者を洗い出すだけで時間がかかっているのが現状です。一朝一夕では終わらないかと」

「でしょうね。あの厨房の様子では、外部の人間が驍《きょう》の服を着て紛れていても、わからないと思うわ。地道に顔と名前を照らし合わせて、不審な人物を探り出すしかないわね」

「ちなみに榮舜はどうしていますか？」

「知らないわ。今の今まですっかり忘れていたもの」

「あれはどうでもいいです。放っておいてください」

「そうね」

あっさりと言い放って干し芋に齧り付く。

「華陀様はどうします？　聴取が終わるまで待ちますか？」

「嫌よ。じっと待ってるなんて性に合わないわ。とにもかくにも、麗鈴に贈った花金鳳花をどうにか回収しなくては。忍び込んで奪ってこようかしら……それとも麗鈴の侍女に金を握らせて持ってこさせようかしら……」

強盗や買収もやむなしと唸っていると、九垓は僅かに眉根を寄せた。

「花金鳳花を贈ったのですか？　わざわざ春の花を魔女の力を使ってまで……晩秋に咲く花なら他にもあったでしょうに」

「麗鈴が母からもらったという、花金鳳花の刺繍のお守りを見せてもらったのよ。縁のある花だと大切にするでしょう？」

「花金鳳花のお守り……ですか」

なにか引っかかるのだろうか。九垓の口調に、璃珠は片眉を上げる。

「どうしたの？」

「いえ……もしかして、赤い紐で飾ってある小さな袋ですか？　そこに刺繍をしてある」

「そうよ。おまえも見たの？」

「確か祇《ギ》族も、そういうお守りを代々持っているんですよ」

「祇族って……皐夕が欲しがっていた剣舞の？」

「そうです」

九垓の言葉に首を捻る。

「驍の部族でしょう？　麗鈴の母が祇族の出身なのかしら。でも両親共に昊の出身だと言っていたわよ。昊で長く続く家系だと」

そこまで言って気付く。

「……それも嘘だったとしたら？」

「そのお守りの詳細を知りたいです。絵を描いていただけますか？」

「いいわよ」

九垓が紙と筆を持ってくる。絵を描くなど容易いことだ。植物の写生や素描など物心つく前からやっている。

さらさらと筆を走らせると、横で見ていた九垓が『ふむ』と頷いた。

「やはり祇族のものですね……間違いありません。確か、家によって刺す花の色が違うんですよ」

「花の色は橙だったわ。なら、祇族に聞けば麗鈴の家のことがわかるというのね。すぐに代表者を呼びなさい」

「それなんですが……」

顔を曇らせて、九垓は向かいの椅子に座る。

「ご存知かと思いますが、驍という国は多数の騎馬民族の集まりでできています。部族ごとに仕来りや慣習があり、それ故に部族間の抗争が絶えず、国としてのまとまりがありませんでした。それをまとめ上げたのが、先帝である僕の父であり……母だったのです」

「おまえの母が……蓉蘭《ようらん》が言っていたわね。ばらばらだった部族に薔薇の種を与えて、傀儡にしていたのだと」

「はい。誰も薔薇のことなど知る由もなく、父の下で各部族はまとまっていました。しかしそれはあくまで薔薇の力によるものです。僕が即位し、それがなくなりました。となると当然、各部族の抗争が再び起こるようになったのです。中には僕が皇帝だと認めたくない部族もいて……その最たるものが祇族なのですよ」

「おまえみたいな若輩者に従いたくないと、そういうことかしら」

「禁軍の武功も、親の七光りだと散々言われています。別に僕がどう評されようが構わなかったのですが、華陀様が見ているとあっては……僕もかっこいいところを見せたいわけです」

「……ふぅん」

随分と子供っぽい理由だ。雲行きが怪しくなってきて、璃珠は半眼になる。

「数日後には華陀様との婚儀の予定ですが、国内外の有力者を招待しています。その中には祇族の族長も含まれています。しかし僕の招待に応じる気配がありません。婚儀への出席はつまり、僕の政権に従うという意味ですので。祇族は非常に体裁を重んじる部族です。簡単に言うと、意地っ張りで気位が高いんですよ。僕なんぞに迎合してなるものかという、部族の総意なのでしょう」

「おまえが呼んでも来ないと、そう言いたいの？」

「華陀様にかっこいいところを見せたい僕は、なんとしても各部族の代表を呼びつけて、曉の皇帝は僕であるということを見せつけたかったのですが……芳《ほう》の皇女は僕ではなく、昊《こう》の皇帝と婚約するという話が、もしかしたら漏れているかもしれません」

「………」

「それ見たことかと、祇族は手を叩いて喜んでいるでしょうね。こういう状況で、僕が祇族の族長を呼びつけて、来ると思います？」

空になった璃珠の杯に茶を注ぎながら、九垓は淡々と語る。

「向こうが来ないなら、わたしが行くまでだわ！」

「そんなに近場ではないですよ、祇族の居住地まで。馬車なら五日ほどでしょうか。早馬なら二日で到着するでしょうが、華陀様は馬に乗れますか？　騎馬民族である僕らと同じ速度で走れますか？　半刻も持たずに音を上げると想像しますよ」

「ぐ……」

「早馬でも多少余裕を見て往復で五日です。すでに時間切れですよ。榮舜と共に昊へ行くか、僕と婚儀をするか。そのどちらかを終えている頃です。昊の人間はすでに帰国、証拠は消滅です」

璃珠はぎりぎりと爪を噛む。日数を考えると呼びつけるしかない。祇族の為に予定を延期したとあっては、祇族に阿《おもね》ったと不審に思う声も上がるだろう。どんな口実を作ってでも、尻に火がついたようにやってこざるを得ない、強い理由が必要である。しかし族長の人となりを知っているわけではない。どういう言葉で焚《た》きつければいいのか、皆目見当がつかないのだ。

すると九垓はにこりと無邪気に笑った。

「悔しいですか？」

その表情と言葉に、璃珠は目を丸くする。璃珠のこれまでの言動がこれを招いたのだと、暗に言いたいように聞こえる。突然の反抗に面食らって口をぱくぱくさせている目の前で、九垓は事もなげに言ってのけた。

「少し意地悪を言ってみたかったんです。散々振り回されていますからね、僕は」

「ど、どういうことよ！」

「一つ案があります。僕に任せていただけませんか？　かっこいいところをお目にかけたいので」

そう言って長い睫毛を伏せ、優美な手つきで茶杯を傾ける。

「……わかったわ」

「大丈夫ですよ。なにに代えても、あなたもあなたの花も、僕が守りますから」

歌うように囁いて、九垓は微笑む。

色香を放つ白蓮が花開いたかのようで、何故か目が離せなかった。

＊　＊　＊

「凄《すご》いですね。一日で来ましたよ。馬はさぞ大変だったでしょう」

翌日の夕刻前、不敵に笑った九垓が後宮にいる璃珠を呼び出した。

彼が言うには、たった今、祇族の族長が供を連れて到着したらしい。

早すぎるのではないかと目を丸くしたが、九垓は極めて迅速に仕事をする質だった。

昨日の話の後、書簡をくりつけた梟《ふくろう》をすぐに飛ばしたのだという。それを確認して祇族はすぐに発《た》ったのだろうが、それにしても早すぎる。言葉通り、休みなく走り続けたのだろう。

同席してくれと告げられ、璃珠は椅子から立ち上がった。圭歌を枕元で見舞っていたのだが、どうにもこの侍女はしつこかった。

「私も行きますー！」

「なに言ってるのよ。昨日の今日で動いていいわけないでしょう」

「危ないです危ないですー！　祇族はすぐに剣を持ち出すくらい好戦的なことで有名なんですよ！　璃珠様になにかあったら、私は美味しいものが食べられなくなりますー！」

「……心配するのはそこなの？」

縋り付く手を払い、呆れて璃珠はため息をついた。とにかく圭歌が言うには、常に誰かが隣にいた方がいいとのことだ。

「九垓もいるし、護衛の武官もいるわよ」

「陛下が交渉に出たら、璃珠様がお一人になるじゃないですか。武官は地味です！もっと見栄えのする護衛がいいんです！　せめて見かけだけでも派手な武官を！　祇族は見栄《みえ》っ張《ぱ》りですからね。こっちも対抗しなくちゃなりません！　見栄には見栄を！　威嚇するんです！　毛を逆立てる猫のように！」

寝台でぎゃーぎゃーと叫ぶくらいには元気らしい。結構なことだが、璃珠は少し考える素振りを見せた。

「派手ね……じゃ、あの男を呼ぼうかしら」

そうして九垓の了承の下、祇族との会談の場に榮舜が同席することとなった。

祇族が案内されてくるのを待つ間、応接の部屋に呼び出された榮舜は、にこにこと笑いながら自分の顔を指さす。

「私をご指名とは嬉しいね」

「わたしの横で、黙って座っているだけでいいのだからね」

「護衛なんだろう？　役に立ってみせるよ」

「役に立つねぇ……」

いまいち説得力がない。九垓より弱いと言っていたのだ。そして先頃、九垓は皐夕に負けている。つまり榮舜は皐夕よりも弱いということだ。自分の妃も守れずして、護衛としてどう役立つと言うのか。

不審の目を向けると、榮舜はわざとらしく肩をすくめてみせた。

「きみは私をまるで信用していないね。いいだろう、愛とはなにかを授けようじゃないか」

はっとして紫舜の顔を振り仰ぐ。

「愛とはつまり、自分を信用することだ」

「……相手ではないの？」

目的語が違うのではないかと思ったが、紫舜は首を振る。

「自分を信用できずして、相手を信用できないよ。愛とはつまり信頼関係だ。家族愛でも友情でもなんでもいい。まずは自分を信じて愛することだよ。きみは自分のことが好きかな？」

「当然よ。わたしより美しくてわたしより賢い女なんてそうそういないわ。わたしはわたしのことが好きだし、愛してるの」

「それならよかった。九垓はどうかな？　自分をちゃんと褒めてあげているかな？」

璃珠を挟んで向こう側に座っている九垓に、わざわざ問う。呼びかけられた九垓は嫌そうに顔を顰めた後、ぼそりと呟いた。

「皇帝という立場にいればできて当たり前のことばかりだ。わざわざ褒めることなんてない」

「聞いたかい、璃珠。これがこの男の面倒なところなんだ。頭が固いんだよ。こんな厄介な男は早めに捨てて、私にしておきなさい。差し当たってはまず、私を信用してみようか」

「信用に値することをしてちょうだい。口だけの男は嫌いよ」

「よし、善処しよう」

言って、何故か嬉しそうに腕をぐるぐる回す。『大丈夫かこの男』と眺めていたときだった。

呂潤《りょじゅん》が祇族の人間を案内してきた。入室したのは二人。眼光の鋭い白髪の老人と、背の高い黒髪の青年だった。高齢の方が恐らく族長だろう。二人が着ている袍《ほう》に花の刺繍がある。あのお守りと同じ手法だと、璃珠は一目で見抜いた。圭歌が言っていた『見栄っ張り』という部分だろうか、男性が着るにしてはとても鮮やかな意匠である。

老人は並んで座るこちらの三人を眺めて、嘲笑するように鼻を鳴らした。

「さて……どの方が皇帝ですかな？　真ん中におわす佳人でしょうか？」

璃珠を見てわざとらしく嫌みを言うが、九垓は気にも留めない。

「驍の皇帝は俺だ。佳人は芳の皇女の璃珠、その隣が昊の皇帝だ」

「おお、気紛《きまぐ》れだと噂の皇女様ですな。して、何故に隣国の皇帝がこの場に？」

「公式の話し合いであるという証明の立会人だ。気にしないで結構だ」

しゃあしゃあと言い放つ。何故か九垓は、榮舜の同席を承諾した。麗鈴の出自に関わることだ。榮舜にも把握してもらいたいという意図なのだろうか。しかし事前になにかを説明した様子はない。不思議に思いつつも、何食わぬ顔をしたまま、璃珠は座り続けることにした。一先《ひとま》ず九垓に任せよう。

「……書簡の話は本当かね？」

不意に老人が低く、剣呑な口調になった。

「その確認をしたくて来てもらった。座ってくれ」

九垓が言うと、老人と青年は一度視線を合わせてから従う。それを確認して、九垓が卓の上で手を組んだ。

「さて、族長自らわざわざ早馬を飛ばして来ていただき、まずは礼を言おう。『忙しい』からと再三に亘《わた》る婚儀の招待を蹴り続けてきた貴殿の職務が、ようやく一段落ついたのだと解釈している。実に喜ばしいことだ」

「なにを白々しい。さっさと本題に入れ」

目の前の九垓を皇帝とは認めていないのだと、その口調にありありと表れている。もし華陀の目の前でここまでの不敬を働いたなら、きっと切って捨てるだろう。

だが九垓はなにも感じていないのか、あくまで涼しい顔で淡々と語る。

「祇族が昊の妃に毒を盛った。明確な殺意を持って、隣国に火を放ったんだ。外交問題に発展しかねない由々しき事態だ。この責任を祇族はどう取るおつもりか」

「書簡にもそう記してあったな。何かの間違いに決まっておる。今現在、驍の外にいる祇族はいない。どうして昊の妃に毒を盛れようか」

「その言葉に偽りはないか？　把握していないだけじゃないのか？」

「我らは驍で一番誇り高い祇族ぞ。余所者と子を作るなど言語道断だ。それに毒を盛るなど姑息《こそく》なことはせんわ。確かな証拠があると書いてあったな。それを出してもらおう」

「その者は、花金鳳花のお守りを持っていた」

そう言って九垓は、昨日璃珠が描いた絵を持ち上げる。

「これは祇族のものだと記憶している。親から子、手から手へ伝えるお守りなのだと。そういう内々のものが、何故ここまで詳細に俺の目に触れるのか。納得できる説明をいただきたい」

「…………」

老人はしばし押し黙った。食い入るように絵を見つめてから口を開きかけたが、やはり閉じた。すると隣にいた青年が、ようやく動く。

「……あの文様は確か……」

「やめろ」

老人が鋭く制す。やはりなにかを知っているのか。

「聞かせてくれ」

九垓は促すが、青年は複雑な顔で黙ってしまった。九垓は小さく息を漏らす。

「罪人を匿《かくま》うことが誇りなのか？　俺を認めないことと、祇族の体裁に傷がつくことは同義ではない。これは全く別の話だと理解してもらえないだろうか。あくまで国と国との問題だ。それとも祇族は、こそこそと昊の妃を害することが目的なのか。俺を廃すどころか、昊にまで攻め入ろうという腹積もりなのか。もはやこれは祇族だけの問題ではないんだ。昊の皇帝がこの事実を把握している今、我が国にいつ侵攻しようともおかしくはない。それを良しとするのが、祇族の代表たる貴殿の答えなのだと解釈してもよろしいか？」

ちくちくといやらしい言い方をするものだ。璃珠は半ば感心して九垓の言葉を聞いていた。情報を開示しなければ、吊し上げると言っている。もしくは今この場で、その首を以て贖《あがな》えとも取れる。

それがわかっていても老人は唇を噛んでいた。相当に頑《かたく》ならしい。

九垓はその様子を見て、ちらりと栄舜に視線を投げる。

「さて、どうしようか。昊の皇帝たる栄舜殿の意見を伺いたい」

突然に話を振られたが、栄舜は全てを知っているかのように鷹揚に頷いた。知っているはずがない。この話題の中心が麗鈴であることも、もしかしたらお守りのことも知らないかもしれない。それでも栄舜は、仰々しい顔で顎を撫でた。

「事情は全て聞いている。悩ましいことよな。祇族の中に裏切り者がいるも同然だ。

族長としてはそれを処断しなくてはいけない。それは理解する。これを公にはしたくないだろう。祇族のあらゆるところに傷がつくのは明白だ。とはいえ、私とて黙って見過ごすわけにはいかないのだよ。私の妃に毒を盛ったのは事実なのだ。現場を押さえたのは私なのだから」

嘘ばかりだし偉そうだ、と璃珠は内心驚いた。初めて皇帝らしい顔を見たと。

「その者はすでに我が国で捕縛している。驍の皇帝がどうしてもと言うので、内密に驍へ護送してあるのだよ。驍の人間であるなら処断は九垓に一任してもいい。それだけの恩が驍にあるからだ。しかし、決して祇族ではないと言うのであれば、その所持品全てと首を晒そうかと思っている。一国の妃を害そうとした罪は重い」

老人の顔色が変わった。そこへ畳みかけるように九垓が続く。

「『この者は昊へ敵意あり』と取られるだろう。尖兵であると石を投げられても、仕方あるまい」

この二人は嘘ばかりを言う。璃珠は涼しい顔を装いながらも、人知れず唸っていた。仲が悪そうに見えたのは、本当に「見えた」だけなのだろう。詳細な情報を渡さなくても、相手に合わせられる程度には気心が知れている。つまり、二人は親密なのだ。

老人は明らかに動揺していた。所持品を、あのお守りを晒されることは身元を明かすのと同じだ。わかる人間が見れば、祇族だとすぐに知れるだろう。そこから噂が広まるのも早い。噂には尾鰭《おひれ》がつくものだ。脚色され誇張された評判はやがて祇族に向かい、彼らを滅ぼしていく。

九垓は今、一時の恥と一族の存亡を天秤《てんびん》に載せたのだ。そしてそっと、片方に指をかけた。

「ところで族長。その昔、貴殿は父と剣試合をしたとか。祇族が先帝の軍門に降《くだ》るかどうかを賭けた試合だったと。しかし剣聖とも呼ばれた父だ。貴殿は敗れた。渋々であれ、祇族は先帝に従ってきた」

「あれは正当な試合などではなかった！　おまえたちは卑劣にも、わしに毒を盛ったのだ！　あれほど身体が動かぬことなどなかったわ！」

蓉蘭の薔薇の力か。璃珠は察して眉をひそめる。

「俺はその場にいなかったのでなにもわからない。しかし先帝が崩御した今、祇族に対する縛りは消えた。だからどうだろうか。俺とまた、剣試合をしないか？　それに俺が勝てば、祇族の上に立つのは俺だ。祇族の汚名も屈辱も責任も全て、俺が被《かぶ》る。族長たる貴殿が糾弾されることはない」

「………………」

なるほどと璃珠は唸る。体面を気にする老人にしてみれば、代役が泥を被ればいいのかもしれない。案の定、老人は葛藤しているようだった。天秤はぐらついている。

「祇族は古来より、全ての決断を剣で行う。俺もそれに倣おう。なに簡単な話だ。俺を負かしてそのまま帰ればいい。毒殺の件はもうこれ以上追及しない。祇族には干渉しない。しかし俺が勝てば、俺が祇族の代表でもある。一族の情報は共有してもらうぞ。いいか、榮舜」

「いいとも。おまえに賭けよう」

榮舜はなんの迷いもなく頷いた。『さあどうする?』と九垓の金の目が、老人を射貫いた。

「……よかろう。もとよりそのつもりだ」

そう言った老人と隣に座っていた青年が、同時に立ち上がった。

＊　＊　＊

これは正式な果たし合いなのだという。当然、真剣で行われる。相手の生死は問わないのだ。

皇帝の私空間である内廷には、剣を抜いた九垓と、祇族の青年が向かい合っていた。さすがに老骨である族長に剣を抜けとは言わず、次期族長だという青年が相手となった。

それを見守る位置で璃珠は顔を曇らせ、隣の棠舜の袖を引いた。

「……ちょっと、大丈夫なの？　あんな大きなこと言って負けたら恥ずかしいわよ。大体あの子、それほど強くないのでしょう？」

「何故そう思うのかな？」

「この間、皐夕に負けていたもの」

「皐夕に？　それはない。負けたのならわざとだよ」

「本当かしら。そんな風には見えなかったわ」

「何故、禁軍内に九垓の信奉者が多かったと思う？　単純に強いからだよ。強くならなければいけない理由があったんだろうね。どうしても守りたい人がいたとか」

棠舜の言葉が終わるや否や、かん！　と甲高い音が響いた。はっとして見やると、すでに試合は始まっていた。細身の剣を構えた青年が、九垓に斬りかかる。それを受け止めた音だった。

はらはらと落ち着きなく、九垓と棠舜の顔を交互に見る。それに対して、棠舜は楽しそうににこにこと笑っていた。

「あの子、怪我もしているのよ」

「ははは。丁度いいくらいの枷《かせ》じゃないかな」

「笑いごとじゃないのよ」

「これを笑わずにいられないね。私はああいう顔をした九垓が見たかったんだよ」

言われて、改めて九垓の姿を追う。『ああいう顔』とはなんだろうか。懸命に戦っているようにしか見えない。意味を測りかねて首を傾げるが、榮舜はそれ以上のことは言わなかった。代わりに、低く囁く。

「……あのお守り、麗鈴のものだね？　見たことがあるよ。きみたちは麗鈴を怪しんでいる？　どうやら私のいないところで、事態が進んでいるようだけど、私はなにも知らされていない。いつまで除け者なのかな？」

「……もうしばらく、除け者でいてちょうだい」

まだなにも確定していないのだ。滅多なことは口にできない。

「まあいいさ。私は私の妃を愛しているよ。愛した人を害したのであれば、誰であろうと許さない。それは本当だ」

榮舜は冷えた声でそう言った。誰であろうと……麗鈴だろうと容赦はしないという意味だろう。すでに覚悟を決めたのだ。であれば、こちらも躊躇なく追及できる。

試合は九垓の防戦一方に見えた。祇族の剣技はとても素早く軽やかで、剣舞を踊っているかのようだった。僅かながら、九垓は自分の左肩を庇《かば》うような動きをしている。

「ああ……やっぱり怪我が痛むのよ」

「信じてあげなさい。それが愛だよ」

「……嫁入りしろと言うくせに、おまえは九垓を愛せと言うの？」

「だってきみは、昊に来る気なんか、これっぽっちもないじゃないか」

「……そんなことないわよ」

「愛を知りたいなんて、どうせ全部九垓の為だろう？　私のことはまるで信用しないくせに、九垓には一任する。さっきのやりとりを聞いて、痛感したね」

確かに、祇族との交渉は九垓に任せた。任せろと言われたからだ。それを信じて口出しをしなかった。華陀の頃であったなら、あんなにまどろっこしいことはしないし、相手の対面など気にもしない。権力で叩き潰してそれで終わりだ。

随分と紳士的に話を進めたものだと思ったが、今後のことを考えたのだろう。つまりは璃珠と過ごす国の未来と平和の為にだ。九垓はずっと、璃珠のことを信用しているのだ。

それに気付いて、むっと唇を嚙む。

「わたしは山荷葉《さんかよう》が欲しいのよ。それだけだわ」

「知っているよ。でも賭けは賭けだ。山荷葉が欲しいなら昊に来てもらう」

「…………」

今この場で榮舜を殴ってでも、約束を反故《ほご》にしてやろうか。皐夕より弱いのなら、三発ほど殴ればきっと榮舜は泣く。ぐっと拳を握ったとき、試合が動いた。

一際《ひときわ》大きな金属音が響いた。大きく剣を薙ぎ払った九垓と、弾《はじ》かれて宙を舞う細身の剣が、一際ゆっくりと目に映る。

利き手を押さえた青年が膝をつくのと、落下した剣が地面に叩き付けられるのが同時だった。青年の喉元に、九垓は切っ先を突き付ける。勝負は決した。

少し離れた場所で見ていた老人が身を乗り出し、次いでこちらを睨み付ける。まさか手を出してくるのではと不穏な空気を感じたが、素早く榮舜が一歩前へ出た。上背もあり、相手を威圧するだけの派手さもある。老人は臆したのか進み出ることはしなかった。

それを確認して、榮舜は低く告げる。

「どこかに不正はあったか？」

「いや……なかった」

老人の視線が九垓に向かう。その先には肩で息をし、いくつも傷を作り、汗にまみれて直向《ひたむ》きに戦った武人の姿があった。

「……かっこいいじゃないの」

＊　＊　＊

泥の中で必死にもがき、なんとしても咲こうとする白蓮のようだったのだ。

璃珠は九垓と馬車に揺られていた。

たった今聞いた事実を確認する為、夕刻を過ぎて出発したのだ。隣に座る九垓は、一振りの剣を持っていた。豪奢な鞘から抜き放つと、細身の刀身に細かな彫り細工が施してある。意匠は花。八重の花弁の花金鳳花だった。

「それが祇族が剣舞で使う剣なの？」

「そうです。次期族長というあの青年が僕に捧げたのですよ。服従の証しらしい。なにごとも剣で決する部族です。強さが正義なんですよ」

「おまえ、皐夕に剣を贈ると言っていたじゃない」

「言いましたね。ではこれを贈りましょうか」

「……服従の証しなんじゃないの？　そもそも祇族が来なかったらどうするつもりだったのよ。手に入る目処がついたなんて言って、あれも嘘でしょう」

「適当にそれっぽいものを見繕うつもりでした」

しゃあしゃあと言い放つ。

「おまえね、約束はちゃんと守りなさいよ。反故にする前提で約束なんてするものじゃないわ」

「華陀様は僕との婚約を反故にしましたが？」

「そ、それはそれでしょう？」

「では今度は、榮舜との婚約を反故になさる？」

「…………」

「僕に偉そうに、どうのこうのと言えませんよ、それでは」

薄く笑って、九垓は刀身を鞘に収めた。『それにしても』と続ける。

「一石二鳥でしたね。祇族を懐柔して情報まで得られた。実に運が良かった」

「……おまえ、ちょっと目を離した隙に強《したた》かになったものね」

「八年も目を離していたら、成長もしますよ」

もう朱明宮《しゅめいきゅう》で後ろをついてくる子供ではないのだろうか。じっと九垓の横顔を見つめていると『なにか？』と片眉を上げてくる。

「……別に。それよりも麗鈴の母親の件だわ」

「そうですね」

ごとごとと馬車が揺れる。目的地は驍の市街地にある、麗鈴の生家だ。族長から聞いた話を思い出す。

「やはりあの娘は嘘をついていたのよ。ずっとね。麗鈴は昊の出身ではないし、母親は祇族の人間だったわ」

「祇族の中では強さが正義です。それはつまり、弱者は常に虐げられる構図に繋がる。

端的に言えば、男が強者で女が弱者です。麗鈴の母親はその中でも、最も下の弱者だった。祇族は一夫多妻制の一族。族長の家系に嫁入りすることが社会的地位を得ることになるんです」

「そこから外れた麗鈴の母親は、価値なしと位置づけられたのね。部族の中で散々虐げられて、ついに一族から逃げ出したのだわ」

「辿《たど》り着いた昊で、母親はどうにか金を作った。恐らく妓楼《ぎろう》で働いたのでしょうが……昊の有力者に身請けされたんです。これが母親にとって最大の幸運でしたね」

九垓は手を組んで口元を隠す。

「族長は嘘は言っていなかった。驍の外に祇族はいない。麗鈴の父親が昊の人間なら、彼女は祇族ではないのですから」

「そこまで知っていながら、祇族は母親を見捨てたのだわ」

「弱者は無価値なんです。それどころか、一族の汚名であり足枷なのでしょう。厄介払いしたかったんじゃないですか」

「その結果がこれよ。わたしの花を貶めた原因の一つだわ」

巡り巡って魔女の花を害するとは。許してはおけない。

「まずは、周りから証拠を固めておきましょう。母親は今現在、驍に居を構えている。動かぬ確証と言質を得ておくのが先決です」

「そうよ。徹底的に追い詰めてやるわ。でもなんで、昊に住まないのかしらね」

「さあ……わかりません」

やがて馬車が止まる。到着したらしい。御者に告げられて二人は馬車を下りる。すでに日は暮れて、辺りは夕闇に閉ざされていた。市街地といっても随分と外れだ。人の往来もなく治安が良いとは言えないだろう。

目の前のこぢんまりとした古い家屋を前に、璃珠は顔を顰めた。

「……本当にここなの？」

「昊の貴妃の実家にしては粗末ですね。とはいえ、この期に及んで僕に嘘の情報を流すこともないでしょう。なんの利もない」

『そうね』と頷いて璃珠は扉を数回叩く。麗鈴の母親だろうか、中から声が聞こえ僅かに扉が開いた。仄暗い灯《あか》りと共に見たのは、骨と皮ばかりの老女だった。

思わず九垓と顔を見合わせる。麗鈴の母親にしては老いすぎてやしないか。

しかし老女はこちらの顔を見た途端、ぱっと顔を輝かせた。

「麗鈴！　帰ってきたのね」

辺りは暗い。室内の火も大きくはない。だが、いくら薄暗いと言っても、璃珠と麗鈴は全く似ていない。それでも老女は、皺だらけの手でこちらを招く。

「さあさあ、入りなさい。寒かっただろうね。すぐに茶を淹れよう。それともなにか食べるかい？　おまえは青菜は嫌いだったね。特に茖葱は。採れたばかりのを保存しても決して食べなかったね。でも蓮根を蒸したのは好きだから、作ろうかね」

「……我々は」

訝しむ九垓を手で制する。そして璃珠は老女に向かって、にこりと笑いかけた。

「そうよ、麗鈴よ。ただいま、母さん。お茶が欲しいわ」

「旲から長旅だったたね。そちらはどなただい？　ああそうか、おまえの護衛だね。皇后になろうというのだから、見栄えのする護衛がついて当然だね」

一方的に言って、そそくさと茶の用意の為に厨へ行ってしまう。その隙に九垓へと視線で合図を送る。この状況を最大限利用しよう。他人を演じるなど御免だが、今はそうするのが得策だ。

さも我が家であるかのように、椅子を見つけて腰掛ける。九垓は背後に立っていた。いつでも割って入れる位置である。

ざっと室内を見回すと、これ見よがしに質の高い調度品が目に入る。質素な外観にはどうにも不釣り合いだった。ふと『祇族は見栄っ張り』という圭歌の言葉を思い出す。なるほど。確かにこの老女は祇族なのだ。

「ねえ、母さん。どうして旲に住まないのかしら。わたしはもうすぐ皇后なのよ。もっと大きな家でたくさんの使用人を雇って、贅沢な暮らしをしたらいいのに」

黒檀《こくたん》の茶盆を運んできた老女に向かって、和やかに笑いかける。

「馬鹿をお言いでないよ。昊の家は、代理人に任せてあるじゃないか。立派なお屋敷と立派な亭主、使用人も雇っているだろう。それくらいの身分を証明しなければ、おまえは後宮に入れなかったんだよ。家も身分も全部金子で買えたんだ。運が良かったんだよ」

「あら、そうだったかしらね」

「おまえ、驍の生まれだなんて誰にも言ってやしないだろうね。誰かに聞かれたら『昊の出身』だと言うんだよ。そうでなければバレてしまう。こそこそと祇族が嗅ぎ回っているんだからね。ああでも……ようやく見返してやれるんだ。おまえが皇后になりさえすれば、全部をひっくり返せる」

「……そうよ。今まで貶めてきた連中に仕返ししてやりましょう。母さんは価値のある人間だって証明してやるのよ」

唆すように璃珠は笑う。しかし老女は茶壺に湯を入れて、満足そうに微笑んだ。

「いいんだよ。おまえが皇后になればそれでいいんだ。私がこんなにぼろぼろになるまで働いたのにだって、意味ができるんだからね」

「そうね、母さんのお陰で皇后になれるのだわ。感謝しているのよ」

「おまえはなんて親孝行なんだろうね。言い聞かせてきた甲斐があるよ。そうだとも、おまえは皇后にならなくちゃいけないんだ。絶対にだよ。そうじゃないと駄目だ。皇后になる以外に生きる道なんて、おまえにありはしないんだからね。私の代わりに一番になるんだよ」

差し出された茶杯を受け取り、璃珠は小さく鼻を鳴らした。なるほど。皇后になる以外の道はないと、しつこく言い聞かせてきたのだ。親は子の生死を握っている。逆らえば捨てられるか餓死するかだ。麗鈴は従うしかなかった。そうだとすれば、彼女が皇后に固執するのも頷ける。皇后か死か、二択しかなかったのだ。

受け取った茶杯をそのまま卓に置く。とても飲む気にはなれなかった。他に何か情報を得ようと視線を上げると、位牌《いはい》が二つ見えた。

「昔の話が聞きたいわ。そうね……姉さんのこととか」

「あの子は不幸だったよ。まさかあんな死に方をするなんて……前の亭主もね……なんであんなことが起こったのだろうね」

「詳しく聞きたいわ」

「蜂だよ。大きな怖い顔の蜂だ」

意外な言葉を聞いて、璃珠は少しだけ目を丸くした。

「大きな蜂に刺されて死んだの？」

「そうだよ。おまえも刺されたんだよ、覚えているだろう？　医者が言っていたね。

一度刺されても平気だが、二度刺されると死ぬ人間もいるんだと。あの子と亭主は、そうだったんだね。おまえもきっとそうだよ。だから何度も言ったね？　蜂には近づくんじゃないよ。死んでしまうのだからね」

「……それは本当に、運が悪かったわね」

唯一、同情できる点だ。

するとと老女は、やおらこちらに手を伸ばしてきた。

「ああ……それにしても本当に美しい顔だね。麗鈴なのだから美しくて当然だ。こんなに美しいのは私に似たからだよ。だから陛下に見初められたんだ。私に感謝するんだよ」

「そうね。美しい顔に産んでくれてありがとう」

「でも子供の頃は私に似ていなかった。とても目が小さかったからね、端を切ったんだ。口も大きかったから縫ったんだよ。腰は細いのがいいんだから、きつく縛ったね。白い肌が美しいから、家から一歩も出さなかった。それにしても……足はよかったね。うんと小さいのがいいんだ」

老女はあくまで自分の功績を讃える。しかし璃珠はさすがにぞくりとした。この母親は、娘にあらゆる仕打ちをしてきたのだ。顔を切って縫って、皇后になれと焚《た》きつけた。これが麗鈴の言う『母の愛』だろうか。いや、それもきっと嘘だ。

彼女は母を恨んでいるのではないか。

雲行きが怪しくなり、璃珠は立ち上がった。

「おかしいねぇ。おまえは歩けないはずなのにおかしいね。皇后になる妃は自分で歩き回ったらいけないんだよ。後宮から決して出ない、自分ではなにもできない美しい女が皇帝に寵愛されるのだから。……そんな足はいらないね。また折ってしまおうね。おまえを愛しているから、そうするんだよ」

筋張った手が追いかけてくる。直後、九垓の大きな手がそれを防いだ。

「そこまでです」

「……そうね」

璃珠が数歩下がると、老女は至極残念そうに眉尻を下げた。

「帰るのかい？　自分の足で歩いて帰るのかい？　そんなことはしないだろう。歩けない娘が皇后に相応しいんだから」

「いいえ、帰るわ。わたしは自分の足で立って自分の意思で歩くの。誰かの言いなりも御免だわ」

「……おかしいね。麗鈴ならそんなことは言わないよ」

ぶつぶつと老女は独り言を繰り返す。病んでいるのだ。自分を認めてもらいたいばかりに、自分ができなかったことを全て娘に負わせて。

帰り際、一度だけ老女を振り返る。

「ねえ、わたしは花が好きだったかしら？　鈴蘭とか」

「よく育てていたね。生けた水を飲んだ猫が死んだのを、面白いと言っていた。家から一歩も出なくても、誰かが生きたり死んだりするのが面白いと言っていたね」

『そうだったわね』と返して、扉を開ける。

「またね、母さん」

二度と会うことはない老女に告げて、九垓と共に家を出た。

＊　＊　＊

帰路の馬車は揺れた。

足を組んで泰然と座っていた璃珠は、長い睫毛を伏せた。

「『母の愛』なんて聞こえは良いけど、ただの呪いだわ」

「行き過ぎたり、間違ったりした愛情は毒になるんですね」

「そうよ。正しい愛じゃなければ、人は歪むわ」

覚えがあるのだ。かつて華陀も母に手酷く打たれたことを思い出す。なにが愛している、だ。思い通りにならないからと癇癪《かんしゃく》を起こしているだけなのに。

「愛しているなんて軽々しく口に出す人間は、誰も愛せないのよ」

「華陀様……」

隣の九垓はなにか言いたそうに、目を細めている。

「だからといって、麗鈴の所業を容認するつもりはないわよ。あともう一押しなの。あの娘の嘘を全て剥がさないといけないわ。花金鳳花の花びらを一枚ずつ剥ぎ取るようにね。だから九垓」

「はい」

「用意して欲しいものがあるの」

「承知しました」

九垓は恭しく拱手する。

後宮に到着して間もなく、麗鈴の離宮から花金鳳花の鉢が戻された。

これでようやく麗鈴の罪が確定することとなる。

第五章　女王

翌日の後宮。日が高く上がった昼の最中に、宮女たちは鳥のように噂を囀《さえず》った。まさかそんなことがと、誰もが驚愕《きょうがく》の声を上げた。宮女の噂はやがて妃の耳にも入る。

それを聞いて、麗鈴《れいりん》は一瞬だけ顔を強張らせたらしい。

そんな麗鈴を、璃珠《りじゅ》は自分の離宮に呼び出していた。扉も窓も閉め切った、それほど広くもない部屋だ。大きく豪奢な衝立《ついたて》には花々の絵が描かれており、今にも香り出しそうである。

枸橘《からたち》の小さな鉢を不思議そうに見ながら、侍女たちに抱えられて麗鈴が椅子に座ると、璃珠は手を振って侍女を下がらせた。この部屋には麗鈴と璃珠だけである。

慣例に従って麗鈴に茶を淹れた。それを飲んだのを確認してから、璃珠は手元の香炉の蓋を開ける。

「急に呼び出して悪かったわね。おまえに伝えておかねばならないことがあるの」

「いいえ、お気になさらないでください。璃珠様のお部屋へお邪魔できて嬉しいですわ」

「とても個人的な私室よ。好きなものを集めているだけだわ。滅多に人を呼ばないのだけど、今日は特別よ」

そう言うと、麗鈴は『まあ素敵』と嬉しそうに手を叩いた。

「それで、わたくしに伝えたいこととはなんでございましょう？」

「榮舜《えいしゅん》がね、言うのよ」

璃珠は香炉の白灰を、銀の匙で平らにならす。

「わたしに帝位を譲りたいって」

「……帝位、ですか？」

少しだけ、麗鈴の口調が硬くなる。

「おまえの耳にも入っているかしらね」

「はい……。朝から侍女が話をしていて。でもそんなことは……璃珠様は昊《こう》の皇后におなりになるのでしょう？」

「わたしの器の大きさに惚れ込んで恐れ入ったのよ、榮舜は。自分は退位して、わたしに玉座を譲りたいのですって。つまりわたしに昊の女帝になれと言うのだわ」

「女帝……」

「前々から考えていたそうよ。何故後宮に百人の妃を集めたと思う？　選別していたのよ、王の器を。男の皇帝はやはり争いを生むの。九垓の兄弟争いを見て痛感したらしいわ。でも女なら穏やかに国を治めることができる。かつての芳《ほう》の女帝のようにね」

ならした白灰の上に、特別に作らせた彼岸花の香型を置く。麗鈴は少し、身を乗り出したようだ。

「しかしいきなり退位なんて……あまりに荒唐無稽なお話ではありませんか？」

「最初はね、おまえに目を付けていたそうよ」

「わたくしに？」

「そう。おまえを女帝にと……そう思っていたのですって」

「…………」

「歩けないことなど大した問題ではないわ。おまえは特別に賢くて慈愛に溢れた妃よ。良い女帝になると、榮舜は目を付けていたの。でも、わたしが現れたのよ」

「わたくしではなく、璃珠様をお選びになった？」

「おまえよりもわたしの方がもっと特別だからね、仕方がないわ。やはり自分の足で立って国を導く人材を探していたのよ。ここに榮舜の一筆があるわよ。見るかしら」

璃珠は傍らに置いた紙を取り出す。麗鈴に差し出すと、彼女は小さな手でそれを開いた。確かに榮舜の筆跡で、璃珠を昊国皇帝に任ずると書かれている。

「……では本当に」

「それでね、麗鈴。話というのは他でもないわ」

香型の上から粉末の沈香《じんこう》を撒く。璃珠の視線はずっと香炉の上だ。

「わたしが王になった暁には、後宮は解体しようと思うの」

「……解体、ですか。それは一体、どういうことでしょう？」

「そのままの意味だわ。現状の後宮は廃するの。榮舜が集めた百人の妃は、もう必要ないわ。そうでしょう？」

「ではわたくしは……？」

「いらないわ。畩《きょう》から戻り次第、荷物をまとめて出ていってちょうだい」

麗鈴は愕然《がくぜん》と顔を強張らせた。先程までの柔らかな表情が、さっと消え失《う》せる。

「昊に大きな実家があるのでしょう？　父と母と姉と……あら、妹だったかしら？　家族四人で幸せに暮らしたらいいわ。おまえは元後宮妃なのだから、嫁の行き先もあるでしょう。普通の男と結婚して、普通の暮らしを送りなさいな」

「わ、わたくしは……璃珠様のお役に立ってみせますわ！　いきなりお一人で国をまとめるなど至難の業でございます。わたくしの父は、かつて先帝の重臣でございました。わたくしも朝廷の話を聞いておりまして、政《まつりごと》にも聡《さと》くてございます」

「ふぅん。重臣の父ね……」

香型の穴に沈香の粉を落として、上から押して固める。冷静で丁寧な手つきで香篆《こうてん》を続ける璃珠とは対照的に、麗鈴は今にも立ち上がりそうだ。しかし纏足《てんそく》の小さな足ではままならないだろう。

「どうにか後宮に居座って、わたしの立場を奪うつもりかしら？」

「まさかそのような……！」

「わたしには懸念があるの。前の貴妃……佳綾《かりょう》が殺されたように、いつかわたしも殺されるのではないかとね。先日おまえが毒を盛られたわ。その次は祝宴の食事に毒が混ぜられていたのよ。どう考えても、次はわたしだわ」

「わたくしが、璃珠様のお食事を全て毒味いたします！　そのようなご心配は無用ですわ！」

それに対しても『ふぅん』と適当に相槌《あいづち》を打って、璃珠は香型をゆっくりと持ち上げる。香炉の白灰の上には、綺麗な彼岸花の文様が現れた。

「皐夕《こうゆう》にもこの話をしたのよ。彼女はあっさりと快諾したわ。すぐに後宮から出ていって、旅芸人にでもなろうかと笑っていたわ。彼女は立派ね。自分の足と自分の意思で、進む道を選んだのよ。どうせなら、そういう人間に側にいて欲しいわ」

「わたくしは……お役に立ってみせます」

「ねえ、知っているかしら？」

「なんでございましょう」

「蜂はね、とても面白い生き物なの」

唐突な話題に、麗鈴はぽかんとした。

「蜂……でございますか？」

「巣には大きな女王蜂が一匹とその他大勢の働き蜂。たった一匹の女王の為に、数万の蜂が必死に働くのよ。命を賭してね」

「……はあ」

「まるで、これからのわたしみたいだと思わない？　凡庸でつまらない人間は、一生わたしの為に働くのよ。とても愉快だわ」

「しかし……蜂の話は、璃珠様の即位となんの関係が……」

困惑する麗鈴を余所に、璃珠は妖艶にくすくすと笑った。そして香炉に出来上がった彼岸花に、線香で火をつける。ゆっくり煙が立ち上り、沈香の香りが立ちこめた。

「蜜蜂なら可愛いものだわ。刺されたところで少し痛いだけよ。でも大雀蜂はどうかしら。おまえは見たことがある？　よく山林に巣を作るのだけど」

「いえ……わたくしは家から出たことがないので、蜂を見たことはないですわ」

「あらそう？」

璃珠は笑みを含んだ声色で言うと、傍らから蓋の閉まった小さな木箱を二つ取り出した。そして中から大きな蜂を指で摘まみ上げる。二寸（六センチ）はあるかという、大雀蜂の女王だった。

途端に麗鈴の顔色が変わった。

「見てちょうだい。美しいでしょう？　これは大雀蜂の女王よ。あら、そんな顔をしなくても大丈夫だわ。凡庸な働き蜂と違って、女王はやたらに攻撃しないのよ。余程刺激したり近づいたりしない限り、女王は動かないの。そうでしょう？」

「璃珠様……？」

「女王はね、無闇に人を襲ったりしないのよ。女王が戦う相手はただ一つ。それは別の女王に対してだけだわ。一つの巣に女王は一匹だけ。でも新しい女王が生まれてしまったり、別の巣の女王がやってきたりしたらどうなると思う？　最後の一匹になるまで殺し合うのよ」

「………」

「大雀蜂の毒は強いの。一度刺されて発作を起こした人間は、二度目に刺されれば半刻も待たずに死ぬわ。おまえは蜂を見たことがないと言ったわね。それはつまり、刺されたこともないということかしら」

「は、はい」

「女王が戦うのは別の女王とだけ。でもどうやってそれを見分けると思う？」

甘い口調で問いかけるが、麗鈴は首を横に振るだけだ。

「女王の身体にはほんの微量、女王の証しである匂いが分泌されているの。それを捕捉した途端、攻撃を開始するわ」

言って璃珠は立ち上がると、女王蜂を摘まんだまま麗鈴に近づく。

「そ、その蜂を……どうするのでしょうか？」

「こうするのよ」

そのまま、身体を硬く縮ませている彼女の首と手、座っている椅子に女王蜂をこすりつけた。麗鈴は目を見開き困惑し、硬直している。顔色も蒼白だ。構わず蜂を塗りつけた璃珠は、その蜂を箱に戻して蓋をする。

「さあ、おまえに女王の匂いをつけたわ。この状態で、別の女王蜂を放したらどうなると思う？」

璃珠はもう一つの木箱を手に取った。中からぶんぶんと激しい羽音が聞こえてくると、麗鈴の表情は青を通り越して、土気色に変わっている。濃い化粧の上からでもわかるほどに。

「璃珠様……なにを⁉」

「これはわたしから、おまえに最後の贈り物。受け取ってちょうだい」

「お、おやめくださいませ！」

「あら、何故狼狽えるの？　大丈夫よ、おまえは刺されても死なないわ。さっき、自分でそう言ったわよね」

「…………！」

「一つの国に、女王は二人もいらないのよ。さようなら、麗鈴」

そう言って、璃珠は木箱の蓋を開けた。途端に中から大きな女王蜂が飛び出す。しばらく彷徨って飛んだ後、女王蜂は高い羽音を立ててまっすぐに麗鈴に向かっていった。

直後、麗鈴は大きな悲鳴を上げてその場から立ち上がり、猛然と扉に向かって走り出したのだ。だがいくら押しても引いても、扉は開かなかった。まるで外から錠がかかっているように。麗鈴は諦めて、窓へと駆け寄った。しかしここも開かない。

部屋の中を走って逃げ回る麗鈴を眺めて、璃珠は高らかに笑った。

「あらあら、どうしたの。おまえは歩けないはずじゃなかったのかしら？　そんなに走れるのなら、離宮の外に出ることも可能だわね。佳綾に毒を盛ることもできたでしょう」

「わ、わたくしは……！」

「先日の茶会のときだって、自分で毒を飲んだのだわ。まずは自分に容疑がかからないように、そうやって自演したのよ。歩けるのに歩けないふりをしたり、おまえは強かな役者だわ」

しばらく麗鈴が座っていた椅子の辺りを飛んでいた蜂が、ついには麗鈴の首元を目指した。矢のようにまっすぐに飛んでくる女王蜂を見て、麗鈴は震える足でその場にしゃがみ込む。

「た、助けて！　誰か助けて！」

その悲鳴を聞いて、璃珠は静かに香炉を手に取った。香炉から上る煙で女王蜂を牽《けん》制《せい》すると、そっと木箱の中に追いやり、蓋を閉める。

そしてその場に残ったのは、呆然と座り込む麗鈴と、それを冷ややかに見下ろす璃珠だけだった。

「祝宴のときだってそうよ。皆の目を皐夕に向けさせて、おまえは侍女の服を着て厨房へ行ったのだわ。茖葱と鈴蘭をすり替えて、わたしを殺そうとしたのよ。厨房を出入りした不審者を炙《あぶ》り出すのに時間がかかったわ。化粧を落としたおまえに、誰も気付かなかったのだから。おまえの素顔は、誰の記憶にもさして残らないほど凡庸。それをいつも濃い化粧で誤魔化していただけね。なんてつまらない人間なのかしら」

肩で息をしながら、麗鈴はしばらく言葉を失っていた。しかし徐々に、わなわなと身体を震わせる。

「おまえに……おまえになにがわかるというのよ！」

「おまえの母親に会ったわ。昊ではなく、驍の小さな家で」

「なんですって……」

「茶を出してくれたわよ。わたしとおまえを見間違えてね。美も知も才能もあるわたしと、凡庸なおまえなんて全然似ていないのに。いろいろと話してくれたわよ」

璃珠は香炉を卓に置いて、ゆっくりと椅子に腰を下ろす。

「おまえはなんとしても皇后になりたかったのでしょう。人を殺してでもね。父と姉が蜂に刺されて死に、あんな毒みたいな母親に育てられ、出生と経歴を偽って全てを嘘で固めて……歪まない方が不思議よ。でもね」

悠然と足を組み、璃珠は麗鈴を見下ろした。

「おまえが誰にどんな風に育てられても、わたしの花を貶めていい理由にはならないわ。おまえが歩けること、おまえが佳綾を殺したこと、驍の厨房に出入りして毒を混ぜようとしたこと……全て榮舜に話すわ。これでおまえはもう終わり。皇后になることは絶対にないでしょう。おまえとおまえの母親の悲願は叶わないのよ」

冷淡に言い捨てて、しばらく麗鈴を眺める。彼女は床に座り込んだまま身じろぎ一つせず、宙の一点を凝視していた。

「……榮舜様にはまだ話してないのですか？」

「そうよ。これを知っているのはわたしだけだわ」

「………」

「じゃあね」

話は終わりとばかりに璃珠は立ち上がった。とんとんと規則的に扉を叩くと、外から錠を外す音が聞こえる。このまま部屋を出て、外にいる衛士《えじ》を呼ぼう。そういう姿勢を見せた。

直後、麗鈴はすっくと立ち上がって髪に挿してあった簪《かんざし》を引き抜く。璃珠の頭部に突き刺そうと、その手を振り上げたのだ。

刹那、衝立の裏に身を潜めていた九垓《くがい》が立ち塞がり、麗鈴の腕を打つ。簪を取り落とした麗鈴の腕を摑み上げたのは、やはり屏風《びょうぶ》に隠れていた皐夕だった。次いで、榮舜も姿を現す。

目を見開いて立ち尽くす麗鈴を見やり、璃珠は冷ややかに微笑んだ。

「あら、ごめんなさい。わたしも嘘をついたわ。おまえのやらかした悪行は全て榮舜に説明したし、今の会話も聞き、行動も見ていたわ。本当におまえは終わりよ」

「榮舜様……わたくしは！」

麗鈴は榮舜を見上げて、必死に訴えかける。

「この期に及んで弁明でもするのかな。きみの言葉はもうなにも信用できない。心底、失望したよ。きみと、きみの嘘を見抜けなかった自分自身にね」

「榮舜様……」

「きみが犯した罪は重い。昊へ戻ったらすぐに裁こう。全てを詐称した罪と佳綾を殺した罪、そして璃珠を手にかけようとした罪だ」

「いいえ、榮舜様のお手を煩わせるわけにはまいりません」

皐夕は震える声で言い放った直後、上着に隠していた匕首《あいくち》を抜いた。姉の敵《かたき》とばかりに振り上げたが、すんでのところで榮舜が押しとどめる。

「やめなさい。きみが手を汚しても佳綾は喜ばない。彼女はきみの身を案じていたんだ。愛していたんだよ、私以上にね。きみが手を汚したら罰しないといけなくなる。そんなことはさせないでくれ。約束したんだ、彼女と。きみを守ると」

皐夕の手は震えていた。ひりひりとした怒りを感じながらも、榮舜は首を振る。

「……皐夕、今は堪《こら》えてくれ」

「……姉の無念をどうかお晴らしください」

「わかっている」

ふと皐夕の腕の力が緩んだ。その瞬間、麗鈴は皐夕の腕を振り払い、走り出した。錠の開いた扉へ向かう。この場から逃げるつもりらしい。

しかしその行く手を阻んだのは、常人から見ればなんとも不可思議な現象だった。鉢に植えていた枸橘がものすごい速さで生長し、鋭い棘をいくつも持った枝を伸ばす。囲うように伸びた荊《いばら》は麗鈴の肌を刺し、一筋の血が流れた。

その光景に驚いていたのは、麗鈴と皐夕、そして榮舜だけだ。九垓は咎めるような視線で璃珠を眺め、当の璃珠は平然と腕を組んで立っている。

麗鈴は信じられないものを見るような目で璃珠を眺め、やおら口を開いた。

「魔女……魔女だわ！」

「そうよ、魔女だわ。おまえは言ったわよね。自分は魔女なのだと。魔女は特別……こんなことができるのは、魔女だけだわ。栄舜、昊では魔女はどうなるのだったかしら」

「違うわ！ わたくしじゃない！ わたくしは魔女ではないわ！」

衝撃から覚めた栄舜が、一度だけ璃珠を眺めて麗鈴に視線を移した。

「きみは本当に嘘しかつかない。嘘しかつかない、佳綾を殺したきみこそが魔女だ。こんな不思議な力を使って……昊では魔女は火刑だよ。自分で白状するとは潔いね」

「違います！ 魔女は璃珠様です！ 芳の人間なのだから魔女であってもおかしくはないでしょう!?」

麗鈴の叫び声が部屋に響き渡る。

「わたくしはなにも悪いことはしてないわ！ 全部全部母さんが悪いのよ！ わたくしに皇后になれとそればかり……皇后になれなければ、わたくしは死ぬしかないのよ！ 他に生きる道なんてなかった！ 他に選べる道がなかったのよ！ わたくしは可哀想なの！」

決死の覚悟で口にした言葉にも、璃珠は小さく笑うだけだ。

「そうね、可哀想ね。大した器ではなかったのだわ。本当に、可哀想」

「おまえにはわからないわ！　嘘をつかなければ誰にも認められないのよ！　でも嘘をつき続ければ本当になるの！　だってそうでしょう!?　わたくしはここまで来たのよ！　貴妃にだってなれた！　その他大勢の娘とは違うのよ！　わたくしは特別だから……死ぬほど頑張ったから貴妃になれたの！　おまえとは違うのよ！」

「わたしはなにをしなくとも、昊の貴妃にはなれたわよ。そしてゆくゆくは女帝だわ。確かにおまえとは違うわね」

完全に見下した口調で言うと、麗鈴はぎりぎりと唇を噛んでこちらを睨み付ける。

「おまえもあの女も……そうやっていつもわたくしを馬鹿にして！　なにが旅芸人の舞姫よ！　なにが芳の皇女よ！　なんの苦労もなく持って生まれた才能を誇ってるだけじゃない！　わたくしだって特別なのよ！　もっとわたくしに優しくしなさい！　もっとわたくしを褒めなさいよ！　美しいって……言いなさいよ！」

慟哭《どうこく》だった。大粒の涙が頬を伝い、麗鈴の化粧を押し流していく。顔にいくつもの傷があるのは、母からの仕打ちか。濃い化粧はそれを隠す意味もあったのだ。

しかし何一つ、同情はできない。

榮舜は扉の外へ声をかけた。昊から連れてきた武官が麗鈴を連行するのだ。それを察して、彼女は鬼のような形相でこちらを睨み付けてきた。

「忌ま忌ましい魔女が……！　おまえさえいなければよかったのよ！　おまえさえい

なければ、わたくしは皇后になれたのに……。わたくしが火刑になると言うのなら……おまえは人殺しだわ！　人殺しの魔女め！」

麗鈴の言葉が、殊更大きく響き渡る。

璃珠は否定も反論もしなかった。できなかったのだ。麗鈴が火刑に処せられるというのなら、それは事実なのだから。華陀の時代であっても、誰一人として殺してないなどとは言えない。

だが氷のような冷たさで、今まで黙っていた九垓が口を開く。

「どの口が言うんだ」

そう言って、女王蜂の入った箱に手をかける。躊躇なく蓋を開けようとするのを見て、璃珠はその手を押さえた。

「やめなさい。あの娘はもう終わりよ。二度とこの舞台には上がってこられないわ。それはあの娘にとって死と同義。いえ、それ以上の罰だわ」

「……あなたがそう言うのなら」

渋々と手を離したとき、昊の武官が部屋に入ってきた。麗鈴が口汚く呪いの言葉を吐きながら連れていかれる様を見送る。

部屋には沈香が静かに香っていた。

＊　＊　＊

いつの間にか空には雲が厚く垂れ込め、水分を含んだ空気が重く纏わり付く。今にも雨が降り出しそうな空を見上げて、璃珠は開け放った窓辺に立っていた。

もうすぐこの主殿の九垓の私室に、榮舜と皐夕がやってくる。いろいろと話をしなければならない。

璃珠は自分の手を見つめた。

「……人殺しね」

麗鈴が叫んだその言葉が、何故か強く心に刺さっていた。まるで枸橘の棘だ。大きく太く、深々と刺さっている。今更なんだというのだ、この程度のことで。

芳の女帝だった頃、粛清などいくらでもやった。数字を改竄《かいざん》した文官も、敵国と内通していた武官も、毒を盛ろうとした女官も。一切の容赦なくだ。この期に及んでなにを気にすることがあるだろうか。少し考えて、はたと思い至る。

「面と向かって『人殺し』などと言われたことはなかったわね」

女帝に楯突《たてつ》くような台詞など、誰も言わなかった。思っていても言えなかったのだ。

だが今は一介の皇女だ。この先、棘を含んだ言葉の一つや二つ浴びることはあるだろう。それがなんだと言うのだ。芳の魔女という籠の鳥から、自由を得た代償だ。毅《き》然《ぜん》と甘受してやろう。どれだけの棘が刺さろうとも、独りで立ち続けるのだ。

じっと手を見つめていると、部屋に九垓が入ってきた。

「麗鈴の所持品から鈴蘭の葉が見つかったそうです。あと、包みに入った粉末も」

「鈴蘭の毒でしょうね。よくもまあ、自分で飲む気になったものだわ。少量でも死に至るというのに……それほどまでに皇后になりたかったのかしらね。わたしにはわからないわ」

花金鳳花《はなきんぽうげ》が見ていたのだ。これほど確かな証拠はない。窓の外を眺めながら言うと、九垓はそっと隣に立った。

「あなたは生まれながらの王だから、不確定な未来に焦ったりしないのでしょう」

「あら、このわたしに説教する気かしら」

「何者でもない自分というのは、とかく不安になるものです」

「おまえもそうだったと言うの？」

「はい。子供のときは特にそうでした。皇族でありながら継承権もなく、芳に送られ捕虜になった。自分の立っている場所が、わからなくなりましたよ」

「悪かったわね。おまえを小間使いにしたのは事実だわ」

むっと唇を尖らせると、九垓は小さく笑った。

「僕にはそれが救いでしたよ。華陀様にお仕えするという、確固たる居場所ができたのですから」

「おまえは変わり者だわね」

「麗鈴は居場所がなかったのですよ。家族を亡くして母に虐げられ、後宮に放り込まれ皇后になる為に戦ってきた。安心できる場所などなかったのかもしれません」

「彼女の肩を持つの？」

「同情しているわけではありません。しかし頭ごなしに悪く言うのも違うかと。僕だって同じなのですから。即位する為にこの手を汚してきました。華陀様だってそうでしょう。帝位を維持する為に、誰かが血を流すことだってあったはずです。華陀様と麗鈴が違うのは、それを背負う覚悟があるかどうかです」

柔らかな口調で告げられ、璃珠はもう一度自分の手を見る。

「わたしはわたしの下した決断に誇りを持っているわ。誰かのせいにしたりはしない。ましてや罪を擦《なす》り付けたり隠したり、そんな卑怯《ひきょう》なことなどしない。邪魔な人間がいるのなら、わたしなら正々堂々と真っ正面から刺してやるわ」

なんとも物騒な台詞にも、九垓はただ微笑んで頷くばかりだ。

「でも今のあなたが手を汚す必要はないんです。そういうのは僕がやればいい。あなたはできれば、綺麗なままでいてください」

言って、九垓は見下ろしていた手をそっと握った。温かくて大きな手だった。

「僕はあなたの決断に従います。今までもこれからも」

九垓の言葉に少しだけ目を丸くした。愛しているからどこにも行かないでくれと言った彼は、いなくなってしまったのか。訝しんで見上げるが、彼は無邪気に笑うばかりだった。

「麗鈴は自らの罪で滅びたのです。あなたは人殺しではありませんよ」

「……別になにを言われようとも気にしないわ。人殺しだと言うのなら、それは事実なのだから」

「言葉の刃は怖いものです。古傷のようにいつまでもじくじくと痛むのですよ。お手が冷たいですね」

囁いて、璃珠の手を擦《さす》り温める。九垓は棘を抜いてくれようとしているのだ。誰よりも早く気付いて、代わりに咎を負おうとしている。

「全てをお一人で背負わないでください。僕でもいいですし……昊へ嫁がれるなら、榮舜に八割方背負わせるんですよ。それくらいの度量はありますから」

今度こそ目を大きく見開いた。

「……わたしが昊へ行くのを、おまえは黙って見送ると言うの？」

「だって……山荷葉《さんかよう》が欲しいのでしょう？」

「欲しいわ」

即答すると、やはり彼はにこりと笑う。

「であれば、榮舜に嫁ぐのが近道かと。気が済んだら驍へ戻ってきてください」

「…………」

物見遊山でもあるまいし、そんなことを許容するというのか。物わかりが良すぎて気味が悪いくらいだ。

啞然としている前で、平然と九垓は続ける。

「武力で制圧して手に入れるのも一つの方法かもしれませんが、大事な草花が戦火に焼かれるのはいけない。一番穏便に山荷葉を手に入れるには、榮舜に嫁ぐのが得策ですね。華陀様のことですから、思う存分、昊の花を愛でて学ぶことでしょう。その後、気が向いたら僕のところへ帰ってくればいいんですよ」

「出戻ったわたしを迎え入れるというの？」

「はい」

言い出したのはそもそも自分だ。璃珠にとっては実に都合のいい、願ってもない好条件だ。しかし違和感しかない。

九垓には言いたいことが山ほどあるはずだ。なのに、自分を犠牲にして口を噤んでいる。

「おまえも大概、嘘つきだわ。もっと自分を大切にしなさい。もっと自分の意見を主張しなさい」

「していますよ。……華陀様、お身体が冷えます。窓を閉めましょうか」

九垓はゆっくりと手を放し、窓を閉める。九垓の体温が離れた途端、ぽっかりと穴が空いたようだった。独りきりになった気がした。置いていかれたような、半身がなくなったような、なんとも言えない寂しさがあったのだ。

体温を求めて伸ばした手が、空《むな》しく空を掻く。

「……なんなの、これは」

正体のわからない焦燥感に戸惑っていると、扉が軽く叩かれた。榮舜と皐夕が来たのだ。すぐに九垓の表情が変わる。柔らかな少年から、鉄壁の皇帝に。

否応《いやおう》なく昊の客人を招き入れると、開口一番、榮舜が謝罪を口にした。

「この度は申し訳ない」

「とりあえず椅子に座ってください、榮舜様。嵩張《かさば》って邪魔ですので」

皐夕は深々と頭を下げる榮舜の腕を強引に引き、座らせる。毒のある言い方は生まれつきなのだろう。そんな二人を眺めながら、九垓と璃珠も腰を下ろす。

「昊の問題は昊で片付けてくれ。麗鈴の処断をどうしようとも、俺に報告は不要だ」

手を組んで淡々と語る九垓に、榮舜は頷く。

「わかった。此度《こたび》の件も含めて厳正に対処する、とだけ言っておこう。一任してもらって構わない。……やれやれ、おまえに借りができてしまったな」

「挙兵の援助で差し引き零《ゼロ》だ」

「いや、釣りが出るほどおまえに借りができた。私が甘かった。もっと慎重に身元を調査するべきだったんだよ。まさかなにもかもを金で買って、その全てが嘘だったなんて」

「本当におまえは女に甘すぎる。優しいんじゃない、甘いんだ。向こう見ずに信用しすぎだ。いつか痛い目に遭うと、俺は言ったはずだぞ。だから顔だけの皇帝なんて揶《や》揄《ゆ》されるんだ。俺もするがな」

「……ごもっともだ」

消沈した様子で棨舜が俯《うつむ》く。これ以上、彼を叩いたところで埃《ほこり》しか出ないだろう。九垓は大きなため息をついて、ちらりとこちらを見る。言いたいことを察して、璃珠は悠然と棨舜を眺めた。

「おまえは口の堅い男かしら」

「それはもちろん」

「あまり信用できないわね。そうね……もし、これから話すことを口外すれば、わたしはこれを持ち出すわよ」

璃珠が出したのは『璃珠に帝位を譲る』と認《したた》めた紙だ。麗鈴を揺さぶる為に書かせたものだが、榮舜の直筆なのだから有効である。それでも榮舜は『わかった』と頷いた。

　璃珠は皐夕をひたと見つめる。

「おまえが鈴蘭の魔女ね」

　静かに言うと、皐夕は顔を強張らせる。

「鈴蘭がおまえにだけ優しいのよ。花に好かれないと魔女ではないわ。それにおまえは鈴蘭を苳らなかった」

「……それをご存知の璃珠様は一体……？　やはり先程の枸橘は璃珠様が……」

「わたしの詮索はいいのよ。今はおまえの話が聞きたいの」

　こちらの一方的な言い分に、皐夕はしばし思案している様子だった。やがて顔を上げて、小さく頷く。

「……はい。私の母も姉も……魔女でした」

「旅芸人をしていたと言っていたわね。どこにも定住せず、渡り歩いていたと」

「魔女は多くの国で迫害されます。その力は異端ですから、決して露見しないように隠れ住むしかありません。唯一の例外が、芳の魔女でしょう。今はもう、お亡くなりになったとか……」

「そうね」

「死ぬまで隠し通す気でした。母もそうしろと、死ぬまで言っていたのですが……姉が……」

皐夕はちらりと栄舜を見る。

「姉は栄舜様をとにかく信用していて……この通り女性には悉《ことごと》く甘い方ですから、姉も絆《ほだ》されてしまったのですね。栄舜様には魔女であることを話してもいいのではと言い出して……私は断固反対したのです。顔だけの男に、一族の秘密を話してはいけないと、何度も喧嘩になりました」

「それがおまえたちの口論の原因だったのね」

「はい。言い伝えでは、昊では魔女は火刑ですから。考え得る全ての不安要素は取り除くべきだと思っておりました。結局、栄舜様に打ち明けることもなく、姉は毒殺されましたが」

「おまえは、その犯人が麗鈴だとわかっていたのかしら」

「……鈴蘭が教えてくれたのです」

皐夕が視線を庭園の方へ向ける。

「聞くところによると、芳の百花の魔女は呼びかけるだけで花が咲き、また枯れるのだとか。しかし私は魔女としては半人前ですし、そのような大層な力などありません。我が家の鈴蘭は、人が通るとただ咲くだけなのです」

「咲くだけ？」

眉を顰めて尋ねると、皐夕も難しい表情で唸る。

「例えばここの……主殿の庭園に鈴蘭を植えます。ある程度の生長は促せるのです。開花直前まで。そして……特定の人物を思い浮かべます。それが璃珠様だとしたら、璃珠様が通られた時点で、咲くのです。それだけでございます」

「なるほど。それが一花《いちか》の魔女なのね。随分と限定的な力だわ」

「私はその人物を麗鈴に指定しました。そして昊の後宮のあちこちに鈴蘭を植えたのです。すると、麗鈴が立って歩けないと辻褄《つじつま》が合わない時点で咲いたのです。姉の茶に毒を盛られたときもそうでした。同じく曉の後宮にも鈴蘭を……。やはり誰かを殺そうと動き出したときに咲きました」

「……確かにね。だとすると、麗鈴の離宮で咲いていたのは、茖葱と鈴蘭をすり替えたときだわ。あとは厨房の前ね。あれも麗鈴が通ったから咲いたのだわ」

「それを確認しに厨房へ出向きました。それを璃珠様に見られて……。しかしそれは、魔女だけがわかる証拠です。榮舜様に説明するとなると、魔女であることを明かさねばなりません。それはできませんでした」

それを聞いていた榮舜は、ただ黙っていた。信用するに足らない人間だと思われていたのだ。ただただ項垂れている。

「私は私だけで動くつもりでした。確固たる証拠を……鈴蘭が咲くのを見計らって、復讐を遂げる気でいました。しかし姉を毒殺したあと、次に皇后と目されたのは麗鈴でした。そこからあの女には、誰を害するつもりも、動きもなかったのです。しかし驍へ赴いて風向きが変わりました。璃珠様を皇后にと、そう仰ったときは、顔だけの榮舜様を初めて見直しました。応援しましたよ。いいぞ、もっとやれと」

「……もっと別の言い方はないのかな？」

「他に褒めるべき点などありませんが」

『なにか？』と平然と言い放つ。

「それ故、毒を盛るであろう麗鈴を黙って見過ごしたことは事実です。璃珠様が積極的に動けば動くほど、あの女が悪行をするのですから。璃珠様の侍女が倒れたのも、私の責任でございます。罰するというのであれば、どうぞご自由に。この手であの女を刺せなかったことだけが、心残りです」

「開き直るんじゃない。私は別に、きみをどうにかする気はないよ」

「魔女は火刑なのでしょう？」

刺々《とげとげ》しい口調で言うも、榮舜は顔を顰めた。

「あれはただの言い伝えだろう？　私は未だに魔女の存在に懐疑的だが……目の前であんなものを見せられては信じるしかない。九垓は知っていたね？　璃珠がその……

魔女だということを」

「なんのことだ？　あれは麗鈴の仕業だろう」

「……ああ、そういう体《てい》でいくのか。わかった。私はなにも見ていないし、聞いてもいない。魔女？　知らないね、そんなものは」

何度か頷いてから両手を軽く上げる。それを満足そうに眺めてから、九垓は目を細めて皐夕を見た。

「あなたは復讐に向いていないよ」

「……どういう意味でしょうか。私は姉が死んだ日からずっと、あの女を殺すことだけを考えてきました」

「俺に少し怪我をさせただけで狼狽えるんだ。あなたには刺せない。復讐をするということは、血が流れるということだ。それが誰の血であっても、背負わなければならない。あなたにはそれができない。優しすぎるんだ。麗鈴を刺し殺しても、ずっと罪悪感を抱き続けるだろう。そしていつか、身を滅ぼす」

「……そう……でしょうか」

「こういう形で決着がついたこと、良かったと思って納得してくれ」

「……はい」

「では、おまえの罪は離宮の花を毟ったことだけだわ。何故、あんなことをしたのかしら」

一際険しい顔で璃珠が問うと、皐夕はぐっと唇を嚙んだ。

「幼いときから、花が苦手でした。咲いた花の側を通ると、ざわざわと話し声がするのです。しかし周りに人はおらず……気持ち悪くて。どうやら花が喋《しゃべ》っているらしいと気付いたのは、母から魔女の話を聞かされた後でした。魔女として一人前になれば、なにを話しているかわかると教えられました。私にはそれが怖かったのです。魔女として目覚めるということは、追われるということです。芳の魔女のように、死ぬということだと思いました。しかし花は……鈴蘭は話しかけてくるのです。まるで責められているようでした。何故、早く魔女にならないのかと追い立てられるようで……声を聞きたくなくて、花を見れば全て千切っていました」

「別に責めているわけじゃないと思うわよ。心配していたのだわ。おまえが早く目覚めないから、やきもきしていたのよ」

璃珠はなんでもない風に言うが、皐夕の表情は晴れない。

「私には過ぎた力です。魔女としてい続けることが……恐ろしいです」

「なら、手放す？」

さらりと言い放つと、皐夕は呆然と顔を上げた。

「……そんなことができるのですか？」

「おまえがいいと言うのならその鈴蘭、わたしがもらうわ。恐らく魔女が改良した固有種の鈴蘭よ。おまえがいらないのなら、わたしの花にするわ。そうすればおまえはもう二度と魔女を名乗れないけれどね。子々孫々に至るまで普通の人間だわ」

「璃珠……」

九垓は咎めるようにこちらを見る。前に話したことが気になるのだろう。魔女の花を無理に奪えば、寿命が縮むという話だ。

「あら、大丈夫よ。魔女本人が納得して花との契約を解除するのなら、わたしになんら不利なことはないの」

「本当か？」

「わたしだって易々《やすやす》と命を明け渡したりしないわ」

言ってから『ちょっと待ってなさい』と立ち上がる。適当な紙と筆を探して、さらさらと文字を書き連ねた。それを見て榮舜は目を丸くし、小さく唸っている。

「それはどこの国の言葉かな？　見たことがないね」

「詮索は無用と言ったはずよ。これは簡単な契約書。自分の花を他の魔女に譲るという血判書だわ」

「血判……」

「ここにおまえの名前を書いて血で判を押しなさい。それと、種を持っているならここに出すのよ。さしずめこれが、わたしの花を千切ったことに対するおまえの罰だわね」

紙を差し出すと、皐夕は紙面と璃珠の顔を交互に見た。そして数秒間押し黙ってから、やおら袖から小さな箱を取り出す。蓋を開けると、ころころと小さな種がいくつか入っていた。それを紙の横に置くと匕首を出した。迷いもなく指先を切り、その血で判を押す。

榮舜は痛そうに顔を歪めて、皐夕を見た。

「いいのかい？」

「構いません。魔女という呪いは私には重すぎます」

言って躊躇なく名前を書く。確認して、璃珠は紙を取り上げた。

「魔女は花に似ると言われるわ。おまえが鈴蘭の魔女なら納得よ。鈴蘭には毒があるわ。花にも葉にも花粉にも。当然、種にもあるの。種はおよそ春にできるわ。赤くて美味しそうな実になるの。でもその果肉も毒よ。種を取り出すには毒を洗い流さないといけないわ。まるで言葉に毒のある、おまえみたいね」

「……毒があるでしょうか」

「あら、無自覚？　それもまた魔女の証しかしらね。鈴蘭は普通、株で増やすわ。種を植えても発芽までに数年かかるからね。おまえが魔女として目覚めるのにも、時間が必要だったのだわ」

　璃珠は匕首を手に取る。こちらも指を切ると、その血で判を押す。特になにかが起こったようには見えないが、これで契約は完了だ。

　一同が見守るなか、璃珠は皐夕を指さす。

「これでおまえは凡庸な人間よ。花の声が聞こえることはもうないわ。大丈夫よ、鈴蘭はわたしが責任をもって可愛がるから」

「……よかった」

　ぽろりと漏れた言葉だった。一人で秘密を抱え、辛かったのだろう。ようやくその重荷を下ろせた、そんな様子だった。魔女でいることがそれほど嫌だったのかと、璃珠は不思議に思う。花との縁を切るだなんて、とても考えられないことだ。

　理解し難いと首を傾げている側で、九垓は心配そうな顔で切った指を見つめている。こんな小さな傷、怪我のうちには入らないのに。どうにもこの愛し子は、昔から心配性なのだ。放っておけない。

「それで璃珠。あの約束はどうするのかな？」

　ようやく一息ついた榮舜が、ゆっくりと尋ねてくる。

「約束？」

「私と婚約して昊に来るという、あれだよ」

「そうね……わたしは――」

言葉を止めて、息も止める。ちらりと九垓を見ると、なんとも思っていないような涼しい顔をしていた。でもその手は温かいのだ。

華陀は独りで生きてきた。誰も頼らず誰も信用もしない。花だけがいればいいのだと信じ、芳という国に閉じ込められて。

しかし今は違うだろう。籠の外に出られたのだし、決めたのだ。この愛し子の――魔女の白蓮を見守るのだと。その幸せについて日々を費やし考えるのだ。

その決意を違えてはいけない。

――いかにも、もっともらしい口実だ。本音はおよそ別である。

ただ純粋に、この温かい手を放すのは嫌だと思った。たった独りで生きていくこともできるだろう。しかし、それをするにはもう手遅れなのだ。共に笑い、花を愛でて過ごす時間を知ってしまった。きっと戻れないのだ。今更手を放すのは、寂しすぎる。

榮舜に嫁いで昊に行ったところで、この空白は埋められないのだ。白蓮と山荷葉、どちらを選ぶかと言われれば……。

「昊には行かないわ。山荷葉も諦める」

できるだけさり気なく言った。しかし次の瞬間、愕然とした声を上げたのは九垓だった。

「璃珠が……花を……諦める？」

なにやら天変地異を目撃したような目を向けられた。心外である。

「……諦めるわ」

知らず唇を嚙み、ぐぎぎと恨めしそうに榮舜を睨み付ける。だが榮舜は唇の端を持ち上げてにやにやと笑うばかりだ。

「そうだろうとも。きみの関心はあくまで花で、私に対する興味なんて端《はな》からないんだから。これほどまでに無関心を貫かれたのは初めてだ。しかし相手が九垓ならさもありなん」

「花を……諦める？　あなたが……？」

「しつこいわよ。諦めると言ったら諦めるの。魔女に二言はないわ！」

「あまり説得力はないが……どこか具合が悪いのか？　熱があるとか？」

「ないわよ！　だから榮舜、九垓との婚約破棄は破棄よ！」

「本当に熱はないか？　いや逆なのか。冷えすぎておかしくなったのか？」

手を伸ばしてくるので、払いのける。と思いきや、抵抗を搔い潜《くぐ》って額に手を当てられた。魔女を子供扱いするなど不敬極まりない。九垓と言い合っていると、やはり榮舜は笑っていた。

「借りの釣りだ。山荷葉は璃珠に贈るよ」

「本当なの!?」

「それで貸し借りはなしだ。いいかな、九垓」

「構わないが……いいのか？」

「花の一つくらいで大袈裟な。友人の婚儀に花を贈ってなんの問題がある？」

なんの未練もない様子で笑うので、あまりいい気はしない。

「そんなに簡単に諦められる程度の気持ちで、わたしを口説いたのかしら」

「手に入れれば僥倖、くらいのつもりかな。なによりも、惚れた女の為に必死になる九垓が見られたから気が済んだ。柄にもなく動揺して……ああいう顔が見たかったんだ。つまみに美味《うま》い酒が飲めるよ」

その言い方がなにやら引っかかり、じとりと桀舜を睨む。

「おまえ、九垓のことが好きよね。わたしと九垓が崖から落ちそうになったら、おまえはどちらを助けるの？」

「九垓」

即答されて、思わず桀舜の頬を張り倒した。

＊　＊　＊

「榮舜はいると邪魔でやかましいですが、いないとそれなりに寂しいですね」

九垓は言うと、手ずから淹れた茶を勧めてくる。

九垓の私室、そのど真ん中に陣取って、璃珠は卓に置いたいくつかの鉢を凝視していた。

昊の客人の帰国は慌ただしかった。罪人を留め置いたままで婚礼に参加はできないし、これ以上は迷惑をかけられない。そう言って、榮舜は出立の準備を急いだのだ。

それを見送る直前、榮舜が手配していた山荷葉が届いた。小さな素焼きの鉢が三つ、長旅に耐えて青い葉を茂らせている。本来であれば開花は初夏。しかしこの山荷葉は白くて小さな花が咲いていたのだ。

昊は晩秋でも季節外れに暖かかったらしい。季節を勘違いして咲いてしまったのだという。そういう株をわざわざ見つけて、持ってきてくれたのだ。

花が咲く頃は外に出していた方がいい、特に雨の日は。山師からの伝言を伝えて、彼らは出立した。

完全に心を奪われた璃珠は、一刻を過ぎても山荷葉と向かい合ったままだった。小さな花を前に立ったり座ったり、しばしもじもじして、大きく深呼吸した。

「はじめましてだわ、長旅は大変だったわね。雨が降っていたのでしょう？　しっとり濡れて……とても綺麗よ」

　声をかけると、親指の爪ほどの大きさの花が小さく揺れる。

「わたしは華陀……じゃなくて璃珠よ。今日からおまえの世話をするの。よろしくね」

「なんと言っているのですか？」

「初対面では、なかなか意思は通じないものよ。これからじっくり向き合って、少しずつ仲を深めるの」

「人間と同じですね」

「わたしは人間との接し方なんてあまり興味はないけれど……いきなり距離を詰めては駄目なのよ。少しずつ少しずつ仲良くなるの。焦ってはいけないわ」

「はぁ、なるほど。ですが僕との距離ももっと縮めていただきたいのですが」

　九垓はなにか言いたそうな顔で茶をすすっていた。璃珠も鉢から一度視線を外し、茶杯を手に取った。

「おまえ、皐夕に祇《ギ》族の剣をあげたのでしょう？」

「はい。受け取ってもらえてよかったです。約束は約束ですから、断られたらいい気はしませんよ。それに今となっては、剣などいくらでも手に入りますからね」

「そういう要所要所で誠実なところが、おまえの人たらしたる所以なのだわ、きっと」

「たらしたりしていませんが？」

「でも側室云々《うんぬん》の件はどうしたのよ」

「あっさり断られました。そもそも端から本気にされていませんでしたよ。ところで昊への嫁入りを蹴った話なのですが……」

「でもどう思う、九垓？」

「どうとは？」

「七宝の花といっても、小さくて可愛い白い花だわ。どこが七宝だと思う？」

「花の話ですか……僕の話なんて聞いていませんね？」

九垓は大きくため息をついているが、璃珠が今、気を揉《も》むべきなのは九垓のことではないのだ。いてもたってもいられずに、山荷葉の鉢に目を向ける。

「やはりわたしはね、今すぐに確認したいのよ。何故、七宝と呼ばれているか、その理由をね」

「延びに延びた婚儀は明日ですよ。細かな打ち合わせなどもしたいのですが」

「おまえの好きにやればいいわ。わたしは婚儀よりも花が大事なのよ」

「……はい、わかりました。好きにします」

なにやら暗い顔でそう言って、九垓は頬杖をついた。

「ああ……おまえをどう世話したらいいのかしら。荷葉というからには蓮の仲間なの？　いえ違うわね……葉が蓮に似ているのだわ。さしずめ『蓮に似た葉の山に生える植物』といったところかしら。寒さには強いの？　暑さはどうかしら。山地に自生しているのなら、風通しが良くて涼しい場所がいいわね。雨の日は外に出しておいた方が良いと聞いたけど、湿った場所が好きという意味かしら。あとはどういう土が好みなの？　水はけがいい山野草用の土で大丈夫？　……急いで用意しないと」

すぐに自生地である山野に似た環境を作らなければいけない。いそいそと鉢を抱えて立ち上がると、九垓は未練がましく顔を上げる。

「華陀様……婚儀前夜なのに、僕以外の花といちゃいちゃするのですね」

「当然よ。おまえは放っておいてもすぐに枯れたりしないでしょう。でもこの子はそうじゃないの。貴重で稀少な七宝の花を枯らすわけにはいかないわ。じゃ、わたしは離宮へ戻るから、明日のことはおまえに任せたわよ」

「……はい、わかりました。好きにします」

そうして一瞥もせずに九垓の部屋を後にした。九垓の金の目が、仄暗い光を灯していることに気付かないまま。

第六章　七宝の花

九垓《くがい》は人知れず嘆息した。

十年以上も待った待望の魔女との婚儀は、しとしとと降る雨の日だった。

驍《きょう》の婚礼衣装は白。金糸で花の刺繡をした純白の衣装は、魔女によく似合っていた。似合ってはいたが、その目はそわそわと完全に泳いでいた。視線の先は璃珠《りじゅ》の離宮、山荷葉《さんかよう》である。

わかりやすすぎて、九垓はもう一度嘆息した。

驍でも有数の有力者が参列する中、厳かに婚儀は進行していく。誓いの酒杯がなんたら、宣誓の言葉がなんたら。魔女は全く聞く耳を持っていなかった。

それどころか、早く儀式を済ませたいとばかりに、進行を急《せ》かす有様だった。

そうやって急ぎ足で婚儀を終えて私室に戻り、九垓はぐったりと長椅子に腰を下ろす。重くて豪華な長衣を脱いで椅子にかけ、次いで自分の両手を見下ろした。

「やっと手に入れたと思ったら、気のせいだったな」

積年の夢であった婚儀を終えた。思っていたよりあっけなく、あっさりとしたものだった。ようやく捕まえた、婚儀を終えれば自分だけのものになると、どこかで思っていたのだろう。そんなわけがなかった。魔女はいつだって、花しか見ていないのだから。

「俺はいつだって、数多ある花のうちの一つに過ぎない」

百花《ひゃっか》の魔女がたった一つの花だけを愛でないように、九垓だけを見ることはないのだ。今更それに気付いて、両手で顔を覆った。

「……それでいいじゃないか。これ以上を求めてはいけないんだ」

自分に何度も言い聞かせて感情に蓋をする。側にいてくれる幸福だけを甘受しよう。そうやってなんとか己を律しようとしたときだった。

部屋の外から騒がしい音が聞こえてきた。どどどと牛が突進してくるような足音である。

「お待ちくださいー！　どうかお待ちくださいませ、璃珠様！　いけませーん！」

叫んでいるのは圭歌《けいか》だろう。璃珠の名を聞いて、思わず立ち上がる。

同時に、部屋の扉が勢いよく開いた。

「九垓！　見なさい！　今すぐに見るのよ！」

「一体どう――」

大きく開け放たれた扉に目を向けると、そこには婚礼衣装を今にも脱ぎ散らかそうとしている璃珠がいた。申し訳程度に肩にかかっていた純白の衣装を放り投げ、仁王立ちになったその手には、小さな鉢が一つ。

「……璃珠、その格好はどうした」

「申し訳ありませーん！　お着替えの最中に突然走り出してしまって！　このようにお見苦しい姿ですみません!!」

「失礼ね、誰が見苦しいのよ。わたしはいつだって美しいわ」

ふんぞり返って高らかに言い放つも、主歌はすでに慣れている。手に持っていた上着をさくさくと着せて、濡れ羽色の髪に手を伸ばす。

「ああ！　御髪《おぐし》も中途半端で……！　いけませんいけません！　陛下の前に出るなら、もっとちゃんと整えなくては！」

「別にいいのよ。九垓なんだから」

「よくありません！　陛下だから駄目なんです！」

璃珠は口を尖らせて、追いすがる主歌を引き摺りながらこちらへやってくる。なかなかの惨状ではあるが、いつも通りだ。

「あとは俺がやる」

侍女に向かって手を払うと、彼女は一瞬だけ動きを止めてこちらを見上げた。

「そう……ですね。それがいいです！　そうしましょう！　なんといっても婚儀の夜です！　そういうことですね！　もう後のことは、野となれ山となれです！　あの顔だけ皇帝が去った今、うちの陛下の天下ですから！　では私は失礼いたします!!」

一方的に叫んで、圭歌は逃げるように去っていった。

「……なんなのよ、一体」

「それは僕の台詞です。こんなはしたない格好でうろうろしないでください」

「そんなことよりもこれよ！　見なさい！　山荷葉よ！　婚儀を終えて戻ったら、こんな風になっていたのよ！」

「はあ……どうしました？」

璃珠がずいずいと鉢を押しつけるので、ようやくその花に目を移す。

すると昨日まで白かった花弁が透き通り、透明になっていたのだ。

「これが七宝の花の所以なのよ！　七宝とは金と銀、瑠璃《るり》、玻璃《はり》、硨磲《しゃこ》、珊瑚《さんご》、瑪瑙《めのう》よ。つまり山荷葉は、玻璃《ガラス》の花なのだわ！」

「玻璃の花……」

触れてみようと手を伸ばしたが、その動きを止めた。小さく繊細で、恐らく玻璃のように脆《もろ》いだろう。先日、璃珠が花茶を淹れた玻璃の茶杯のように、儚く砕けてしまいそうだった。

璃珠もそう思ったのか、ゆっくりと卓の上に鉢を置くと、その周りをぐるぐると回って四方八方から舐めるように観察している。

「いいわねぇ、素敵ねぇ。こんな風に透き通った花なんて、初めて見たわ」

「なんとも不思議ですね。どうして透明になるのでしょう」

「わからないわ！」

またもや魔女はふんぞり返る。

「わからないということは、調べ甲斐があるということよ。一体、どういう条件でこうなるのかしら……いろいろと気になるわ。気温？　湿度？　開花からの日数かしら。それとも土か水か肥料か……花に聞くのはまだ早いわ。まずはいろいろと仮説を立てて検証してからよ……」

眉を顰めてぶつぶつと呟く璃珠に、九垓は苦笑する。いつだってこうだ。寝る間も惜しんで花のことばかり考えている。それが魔女なのだ。

結った髪も解こうと思ったのだろう。璃珠の外れかけた簪《かんざし》を丁寧に抜いて、その髪を梳《くしけず》った。上気した顔で立ったり屈《かが》んだりと忙しそうなので、椅子を持ってきて座らせる。さて、この調子だと今夜は長くなる。茶でも淹れようと茶器を用意する為に、棚を一瞥した。

どこかで知っている、何度もした慣れた動きだ。わざわざ思い出すまでもない。朱《しゅ》明宮《めいきゅう》で幾度も繰り返された行動だ。日溜まりのような穏やかな日々を思い出して、思わず破顔した。

「なに？　どうしたのよ？」

声が漏れていたのだろう。魔女がけげんな顔をして振り返る。

「いえ、朱明宮のあの頃と同じだなと思って」

「そういえばそうね。おまえはいつまでもわたしの愛し子で白蓮なのよ。ずっと綺麗に咲いていてちょうだいね」

「……はい」

返事はしたものの『愛し子』と呼ばれることに対し、安堵が半分、もう半分はなにやら満たされない気持ちだった。蓋をした、あの仄暗い感情である。

「九垓、どうしたの？」

「なんでもありません。僕はいつまでもあなたの花で、愛し子ですよ。枯れるまでお側にいます」

そう言ってにこりと笑う。しかし魔女はこちらをじっと見つめて、その指を突き付けたのだ。

「……おまえ、この前もそうだったわよね。栄舜《えいしゅん》との婚約に文句も言わずわたしを見送ろうとしたじゃない。わたしが昊《こう》に行ってもいいと、そう言ったわよね」

「華陀《かだ》様はそうしたいのだろうと思っただけですよ。あなたのことだから、どんなことをしてでも山荷葉が欲しいのだと。僕はあなたの愛し子ですから、あなたの決定に従うだけです。あなたが自由であることが、あなたが魔女である証しなのですから」

やはり邪気のない顔で笑ってみせると、魔女は訝しげにこちらをじろじろと眺める。

そしてしばらく押し黙って思案したかと思えば、なにかに気付いたように声を上げた。

「……やっと気付いたのだわ。おまえがそうやって無邪気に笑うときは、物わかりのよい子供のふりをしているときなのよ」

「そんなことありませんよ」

どきりとした。草花にしか興味のない魔女が、人間の心の機微を指摘するなど一体どうしたことか。そこには触れられたくないのだ。迂闊《うかつ》に突かれれば、鉄壁のように築き上げた自制心が瓦解しそうになる。

「おまえはもっと、自己主張しなさい。自分の気持ちや意見を、わたしに伝えなさい」

「していますよ」

事もなげに言い放って、茶器を取ろうと魔女に背を向けた。

「いい加減にしなさい！」

やおら大声を浴び、さすがに驚いて振り向く。そこには眉を吊り上げ、明らかに怒りを浮かべた魔女の姿があった。

「わたしは魔女だけど、占い師じゃないのよ。人間の心の内なんて読めないわ！　特にわたしなんて、人間のことなんてどうでもいいと思って生きてきたのだから、余計にわからないのだわ！」

「そう……ですね」

「そんなわたしに対して、おまえは自分の気持ちを隠して取り繕おうとしているのよ。嘘をついているのだわ！　それくらいはわかるのよ、わたしにだって！　でもね、本音なんて全然全くこれっぽっちも思い当たらないの！　自慢じゃないけど鈍いのよ、わたしは！」

「………」

顔を真っ赤にしてずいずいと指で突かれ、思わず数歩後退《あとずさ》る。それでも魔女は詰め寄るのをやめなかった。

「そんなわたしに、察してくれなんて甘えよ！　ちゃんと言葉で言ってくれないと伝わらないのよ！　だから口に出しなさい！　おまえの思っていることを話しなさい！　言わなきゃわからないのよ！」

一方的に言い募って肩で息をする。そんな魔女の姿を、呆然と見下ろしていた。こと人間に対し、魔女がこれほど熱く接したことはないのではないか。そう気づくと、心のどこかで凝り固まったものが崩れそうだった。特別なのだと、言われているも同然だからだ。

嬉しくもあり、同時に落胆もあった。この人の中では、自分はあくまでも『愛し子』なのではないかと。

「……では華陀様。何故あなたは、昊へ行くことをやめたのですか？　僕だって人の心の内なんて読めません。どうしてあなたが山荷葉を諦めてまで、榮舜との婚約を拒んだのか……言わなくてはわかりませんよ」

自分ばかりが責められて、魔女なら許されるのか。それを咎めると、一瞬だけ魔女は息を詰めた。次いで白くて小さな手を見てから、意志の強そうな紅《あか》い目で見上げてくる。

「おまえの手が温かいからだわ」

「……は？」

「おまえの手が大きくて温かいからよ。その手を放すのが嫌になったのだわ。今までわたしは、なにごとにも独りで矢面に立ってきたのよ。女帝だったのだから当然だわ。独りでこの手で、なんだってやってきたの。それが当然で普通だと思っていたわ。でもね……今はおまえがいるのよ。わたしがどんなに言葉の棘に刺されようとも、おまえはそれを抜こうとするのだわ」

「……華陀様」

「わたしが傷つくことを、おまえは許さないのよ。わたしがどれだけ刺されようと倒れようと、おまえは後ろで支えてくれるのよ。その手で引っ張り上げようとするのだわ。昔のおまえはてんで子供で、わたしの後ろをついてくるだけの頼りにならない存在だったわね。でもね、気付いてしまったのよ。おまえは大人になって、わたしに並ぶ力を得たのだと。そうやって隣にいるおまえを失うのが嫌になったのよ。全部おまえのせいなのだわ」

やはり指を突き付けて凜と言い放つ。九垓はなんとか魔女の言葉を嚙み砕いた。しばらくじっくり咀嚼《そしゃく》して、突き付けられていた手をそっと握る。

「山荷葉よりも、僕が大事だと？」

「そうよ」

「それは……魔女の花としてですか？　愛し子だからですか？」

「わからないわ」

即答されて、心のどこかが浮き立つ。一縷《いちる》の望みはあるのだ。心に大きなひびが入り、そして音を立てて崩れていく。

「僕は……あなたが思うほど、できた人間じゃありません。心穏やかにあなたが昊へ行くのを見送ろうとしたわけではないんですよ。僕はあなたを愛しています。でも僕が愛したあなたは、自由であるべきなんです。僕があなたを閉じ込めるわけにはいかない。だってそれは、僕が好きなあなたじゃないから。あなたの思うままにして欲しい。山荷葉が欲しいなら昊へ行く、そうするのもあなただ。僕は止めたくない。でもね……それに反対する自分もいるのですよ」

崩れた堤《つつみ》が一気に崩壊するように、決して魔女の手を放さないまま言葉が溢れてきた。

「あなたは僕だけの魔女だ。あなたが他の花に現《うつつ》を抜かすなら、その花たちを全部散らしてもいい。あなたにとって僕が唯一の花になれるのなら、僕はそうするでしょう。あなたが悲しんでも怒っても僕だけを見てくれるのなら、部屋に閉じ込めてもいい」

「それは……」

「でも……やはりあなたには嫌われたくない。よい子のふりをすれば……物わかりのよい愛し子を演じればあなたの傍にいられるのなら、僕は生涯そうします。もうあなたとは離れたくないから。あなたと離れるくらいなら、僕はどうなってもいいんです。僕の気持ちなど、些末《さまつ》な問題なのです。あなたが昊へ行くと言うのなら、僕は止めません。いつか帰ってくれる日を、ただ待って過ごすだけです。あなたは綺麗なままで、好きな花を愛でればいい」

言葉とは裏腹に、魔女の手を握る手に力が入る。すると彼女は、きっとこちらを睨み付けた。

「おまえはもっと、自分を大切にしなさい！」

「何故ですか？　僕などはどうなってもいいんですよ。首を落とされたあなたを救えなかったのですから」

「……おまえ怒っているのね、自分自身に。……榮舜が言っていたわ。おまえは自分を粗末に扱うって。自分の命に価値はないと思っているのかしら。わたしを死なせた罪悪感があるから……自分はどうなってもいいと言えるのよ」

「さあ……どうでしょう」

魔女の言葉に困惑した。そんなつもりはないのだ。自覚もない。

「おまえを血で汚す為に拾ったのではないのよ。魔女を恩人だと言うのなら、恩があると言うのなら……わたしに義理を通しなさい。血を流すことは……手を汚すことは恩返しじゃないのよ」

「……では、なにをすれば恩返しになるのでしょうか」

「わたしがいいと言うまで、わたしの隣にいることだわ」

ぽかんと魔女を見下ろす。

「それは……僕を愛していると……言ってくれているのでしょうか？　結婚したいと……添い遂げてくれるということでしょうか？」

今度は魔女がぽかんと口を開ける。

「そうなの？　そうなるのかしら？　わたしはね、今回のことでわかったわ。榮舜の言うことなんて当てにならないということがね。いろんな愛を見たわ。榮舜が佳綾《かりょう》との約束を守ろうとしたのも愛よ。その佳綾が皐夕《こうゆう》を守りたかったのも、姉妹の愛だわ。それと麗鈴《れいりん》の母が娘に向けた歪んだ親子愛。おまえはどれがいいの？　どれが欲しいのかしら？」

「そのどれとも違います」

「ふぅん、なるほどね。愛に画一的な形なんてないのよ。自分が愛だと思えば、そうなのだわ。名前なんて知らないし、好きに呼べばいいのよ。わたしはおまえに隣にいて欲しいのだわ。それがわたしの愛なのよ。それを違うと言う者がいたら、ぶっ飛ばしてやるわ」

「華陀様……」

果たして魔女は気付いているのだろうか。それがもう、飾り気のないまっすぐな愛の告白だということに。堪らなくなって、魔女の小さな身体を抱き締める。

「九垓？」

「一日中いちゃいちゃしてべたべたして、手を繋いで散歩して、頼られて甘えられて叱咤されるような関係になりたいです。子供の頃からずっと妄想してきました」

ちょっと魔女が身体を引いた。おかしなことを言っただろうか。

「……そう。それがおまえの結婚観なのね。わかったわ。おまえという白蓮の種を蒔いたのだから、わたしはおまえを幸せにする義務があるのよ。いいわ。やってやろうじゃないの」

「本当ですか？　僕は——」

彼女の柔らかな身体と華やかな香りに、蓋をしていたはずの感情がどろどろと溢れ出す。

「僕は……あなたの特別が欲しいです。その他大勢のあなたの花ではなく、唯一の……たった一人の特別になりたいんです。愛し子という扱いは特別ですが、それはあくまで庇護すべき子供です。僕は男として……あなたの特別になりたい」

「それがおまえの欲しい愛ね。おまえにとっての正しい愛なのね。理解したわ」

魔女は、腹落ちしたという様子で眺めてくる。そしてしなやかに腕を伸ばして、こちらの頭を抱き締めた。

「わたしの特別をあげる」

艶やかな言葉に思わず息を止める。しかし浮ついた気持ちとは裏腹に、彼女はこちらの身体を押しやってどこかへ行ってしまう。九垓はがっくりと項垂れた。明らかに下心があったのだが、それを見事に切り捨てられたのだ。そして得心した。魔女に人並みの男女交際を期待するだけ無駄なのだと。

もうそれならそれでいい。むしろなにから教えてやろうかと、抜け目なく思考を巡らせる。すると不意に、魔女に名を呼ばれた。

「……どうしましたか、華陀様」

落胆を隠しきれずに声の方へ目を向ける。寝室だった。今度こそ逸《はや》る心を抑えきれずに向かうも、魔女がしていたのは家捜しも同然の行為だった。私室のありとあらゆる場所をひっくり返し、物を散らかしている。

「………………」

「どうしたの九垓、そんな渋い顔をして」

「……別に、なんでもありません」

「またそうやって嘘をついて……ああ、あったわ。皇帝の部屋なのだから、こういう類いのものの一つや二つあると思ったのよ」

魔女が手にしていたのは、月琴だった。平たく胴が円い四弦の撥弦《はつげん》楽器である。一緒に置いてあったであろう象牙の義甲《ぎこう》を手に取り、調律を始める。

「さて、そんなものがありましたかね」

「おまえはどうも楽器が不得手だからね。どうせ献上されたものを仕舞っておいたのだわ。見なさい、埃をかぶって可哀想に」

「なにが始まるのでしょうか」

「おまえに歌ってやるのよ。わたしはわたしの美学として、花以外には歌わないわ。でもおまえにになら歌うのも吝《やぶさ》かではないのよ。光栄に思いなさい。人間に歌うのは初めてだわ」

なるほど。これが魔女が導き出した『特別』なのか。完全に拍子抜けだが、彼女にしてみれば、これが精一杯なのだ。有り難く受け取っておこう。

九垓はせめてもの触れ合いを求めて、魔女を膝の上に抱いて寝台に座った。途端に彼女の指があらぬ弦を弾き、音が外れる。こんなにも動揺を与えられるのかと楽しくなって、背中から強く抱き締めて腕の中に閉じ込めた。

「愛しています……僕の魔女」

「『愛している』と口にする人間は、決して愛してくれない。そう思っていたわ。でもね、おまえがわたしを愛するというのなら、その呪いはきっともう終わりなのよ」

「呪いですか」

「……誰かの体温というのは、存外気持ちのいいものね。花は温かくないから」

魔女は歌う。見知らぬ国の言葉で伸びやかに。懐かしくも透明な旋律を聴きながら、九垓は思う。魔女の歌はまるで玻璃のようだ。視線を上げると、透明な花弁を揺らす山荷葉がある。触れれば容易に壊れてしまいそうな、宝物だ。守らなければいけないし、何人たりとも触れてはいけないのだ。

そう、魔女に集る悪い虫は一匹たりとも許さない。この儚くて美しい歌を守る為なら、なんでもしよう。固く決意していると、ふと視線を感じる。じっとこちらを凝視した魔女が、耳を真っ赤にしながら頬に口付けてくれた。

「こういうことでしょう？」

「そういうことです」

「一緒に寝てあげるわ。おまえの温かさを抱いて寝れば、悪い夢を見なくて済みそうだもの」

「はい」

愛し子という甘くて温《ぬる》い毒の檻《おり》から、無理矢理に手を引かれて外の世界に踏み出した気持ちだった。ようやく眠れるのだと、九垓も心の底から安堵する。

―――本書のプロフィール―――

本書は書き下ろしです。

小学館文庫

魔女《まじょ》の結婚《けっこん》
～愛《いと》し子《ご》との婚約《こんやく》は破棄《はき》します～

著者　織都《おりと》

二〇二四年四月十日　　初版第一刷発行

発行人　庄野　樹
発行所　株式会社 小学館
〒一〇一-八〇〇一
東京都千代田区一ツ橋二-三-一
電話　編集〇三-三二三〇-五六一六
　　　販売〇三-五二八一-三五五五
印刷所 ―― TOPPAN印刷株式会社

ISBN978-4-09-407344-7